das gewicht der freiheit

florian burkhardt

das gewicht
der freiheit

roman

WÖRTERSEH

Wörterseh wird vom Bundesamt für Kultur mit einem
Strukturbeitrag für die Jahre 2016 bis 2020 unterstützt
und dankt herzlich dafür.

Lektorat: Claudia Bislin, Zürich
Korrektorat: Lydia Zeller, Zürich
Koordination und Gesamtverantwortung: Andrea Leuthold, Zürich
Umschlaggestaltung: Thomas Jarzina, Holzkirchen
Fotos Umschlag: Lorenzo Marcucci, Milano
Umschlaggestaltung: Thomas Jarzina, Holzkirchen
Layout und Satz: Beate Simson, Pfaffenhofen a. d. Roth
Druck und Bindung: CPI – Ebner & Spiegel, Ulm

Print ISBN 978-3-03763-089-1
E-Book ISBN 978-3-03763-732-6

www.woerterseh.ch

Gewidmet allen Protagonisten dieser Geschichte
und meinem Partner Van Manh Nguyen

reise ans en

Ich bin allein. Weil ich es will. All meine Freunde sind weg, ich habe sie weggeschickt. Nur die Meerschweinchen sind geblieben. Und etwas Neues, etwas, das mir etwas hätte bedeuten können; ein Weggefährte, ebenso verloren. Das Internet hat uns zusammengespült, als ich den Computer noch benutzen konnte. Jetzt ist auch diese Kiste ein Feind, ein Kanal der Außenwelt, durch den eindringt, was mich fertigmacht: Farben, Buchstaben, Geräusche. Inhalt für meine inhaltslose Welt, die nichts halten kann, sondern gleich kotzen muss, wenn sie etwas aufnimmt. Alles will sich meiner bemächtigen, es ist Vergewaltigung, was ihr von mir wollt und was ihr mir gebt. Nur dieser Edvin aus dem Internet darf eintreten, um mir Essen zu bringen. Er ist nicht gefährlich, er hat keine Kraft, er ist selbst verwundet, selbst am Ende. Ich gehe zurück in das dunkle Schlafzimmer, lege mich auf die Matratze und warte. Warte auf das, was kommt und ob ich es überleben kann.

Fürchterlich lautes Klingeln weckt mich. Ich springe auf, renne ans Fenster und schaue hinunter. Was für ein Stress. Ich hole den Schlüssel und werfe ihn aus dem Fenster. Renne zurück ins Schlafzimmer, suche Hose und T-Shirt. Lärm an der Tür, sie geht auf, da steht er, Edvin. Gymnasiast, eine magere Gestalt, bleich. Er hat Bulimie und ist magersüchtig. Entweder isst er nichts oder sehr viel und steckt sich anschließend den Finger in den Hals.

Wir geben uns ganz kurz die Hand, mehr körperliche Nähe vertragen wir beide nicht. Ich nehme die Tasche aus dem Supermarkt, die Edvin mitgebracht hat, gehe in die Küche und räume in den Kühlschrank, was gekühlt werden muss. Kriegsnahrung, nur das Nötigste. Ich habe sowieso keinen Appetit. Ob er was trinken will, frage ich. Wasser. Mir selbst mache ich Kaffee mit Milch. Meine Hände zittern. Ich trage die Tasse mit beiden Händen ins Wohnzimmer, wo Edvin auf dem Sofa sitzt.

Wie geht es dir?, fragt er und sieht krank aus. Ich habe mich auf den Boden gesetzt, weil das Sofa für zwei wie uns zu klein ist. Wir brauchen viel Platz, weil uns die Energie von anderen verbrennt. Ich sehe ihn an. Er wäre attraktiv, gäbe es noch etwas wie Sexualität für mich. Ich lasse mich nach hinten fallen und betrachte die Zimmerdecke.

Leg dich auch hin und streck die Beine, sage ich. So können wir an der Decke laufen, behaupte ich und laufe die Decke entlang. In Gedanken ist manches möglich, wenn auch nicht viel. Nur das Unmögliche. Das Mögliche, hinausgehen, ist aus meiner Vorstellung ausradiert. Denke ich daran, überkommt mich Panik, und ich falle. Von der Decke auf den Boden, wo ich mich wieder aufsetze und eine Zigarette anzünde.

Hier sind wir, die einzigen Überlebenden, die Letzten ihrer Art. Es fallen wenig Worte. Angst verbindet uns. Unser Schutz ist die Verlorenheit des anderen. Die Überforderung, zu leben. Edvin ist stärker als ich, er kann funktionieren. Er geht jeden Morgen zur Schule, trägt den ganzen Tag ein winziges Brötchen in der Hand, von dem er wie ein Vogel Krümel pickt. Er kann mich nicht erreichen. Er schenkt mir Verständnis, Beisammensein ohne Druck, aber eine Hilfe ist er mir nicht. Außer seinen

Lebensmitteln kommt nichts bei mir an. Zu weit weg stehen wir am Rande, dem anderen vielleicht kurz als Leuchtturm dienend, doch unerreichbar weit entfernt.

Dieser Lärm. Wieder die Türklingel. Ich muss sie ausschalten. Lasst mich in Ruhe. Ich schaue Edvin an, er schaut zurück. Man klingelt nicht nur, es klopft auch an der Tür. Polizei, ruft eine Stimme, gedämpft, von der anderen Seite, der Welt außerhalb meiner Wohnung. Edvin bleibt liegen und tut, als würde ihn nichts interessieren, tief drin in seiner Festung. Ich öffne die Tür einen Spalt, sehe zwei Männer in Uniform. Ihre Worte kommen kaum an. Sie reden von einem Bekannten von mir, der sich Sorgen mache, weil ich nicht erreichbar sei. Ob man eintreten dürfe. Was sie suchen, weiß ich nicht.

Die Männer betrachten Edvin, der auf dem Sofa liegen geblieben ist. Als wären sie nicht da. Sie schauen ins dunkle Schlafzimmer und in die Küche. Ob es mir gut gehe. Diese Frage. Ich sterbe. Aber das sage ich nicht. Ich bewege mich weg von hier, die Anziehungskraft der Erde wirkt nicht mehr, ich fliege hinaus ins All. Alles, was es da gibt, ist nichts. Ein Nichts und mich.

Die Polizisten sind gegangen. Sie wollten wissen, was los ist. Was ist los, wenn alles am Arsch ist und nichts und niemand helfen kann? Sie wollten sehen, ob ich lebe. Ja, ich sterbe noch. Ich kann nicht mehr. Es bleibt mir keine andere Wahl, als diese Bühne zu verlassen. Das Verrecken geht mir zu lange. Was bleibt einem, wenn einem nichts mehr bleibt? Der Sprung, um von einem Nichts ins andere zu treten. Eines, das man nicht mehr spürt. Drei Stockwerke reichen nicht.

Edvin sitzt da und erzählt von der Schule. Die Worte zerplatzen wie Seifenblasen. Ich beiße auf dem Filter einer Zigarette herum und möchte mich erbrechen. Aber ich kann nicht wie Edvin auskotzen, was ich nicht sein will.

Die Worte von Edvin lösen sich auf, bevor sie meine Ohren erreichen. Die Polizei war in meiner Wohnung. Es ist Zeit, zu gehen. Zeit, die Auskunft anzurufen. Für die Nummer, die man wohl meistens nicht selbst wählt.

Ich halte es nicht mehr aus, sage ich dem psychologischen Notdienst. Die Frau will mehr wissen. Aber mehr kann ich nicht sagen. Ich habe meine Deckung verlassen und aufgegeben. Ich habe mich ewig auf einer Insel versteckt und schreie das erste Schiff an, das ich herbeiwinke. Wir haben keine Zeit, wir haben verdammt noch mal keine Zeit. Man schicke einen Psychiater vorbei. Es ist still. Edvin schweigt. In der Küche schweigen die Meerschweinchen.

Die Stille dröhnt in meinem Kopf. Meine Sinne flattern. Eine Möwe mit gebrochenem Flügel, die sich in der Luft zu halten versucht. Sie muss stürzen. Sie versucht es hinauszuzögern. Doch der Sturz ist zwingend. Lass dich los und lass dich fallen, Vogel, du kannst nicht mehr fliegen, lass es zu. Bitte, denn der Kampf schmerzt so sehr, sieht man dir zu.

Dass ich den Notruf ausgesendet habe, beruhigt mich. Ich lasse mich sinken. Meine Glieder werden schwer. Langsam tritt eine Lähmung ein. Die Luft ist dick. Die Eindrücke des Tages sind ein Brei. Edvin im Hintergrund ist kaum noch sichtbar. Wir sind nur noch Hüllen, erschöpft von zu vielen Emotionen. Alles ist zu groß für uns. Wie das kleine Kind warte ich auf Mama, die vielleicht doch noch kommt. Um auf ihren Schoß zu kriechen, mich einzurollen und zu hören, dass alles gut wird. Es dauert ewig, die Zeit verschwindet in der Dämmerung.

Bis es so weit ist. Edvin eilt nach unten und holt herauf, was zu Hilfe kommt. Der Psychiater ist eine Frau, streckt mir die Hand entgegen. Bitte machen Sie, dass es vorbeigeht. Sie setzt sich auf das Sofa und fragt. Ich sage wieder meinen Satz: Ich halte es nicht mehr aus. Als würde das nicht reichen, fragt sie weiter. Ich kriege keine Luft, sage ich. Und endlich etwas, das sie zu verstehen scheint: Ich kann seit Monaten das Haus nicht mehr verlassen.

Sie schaut mich ernst an. Und fragt, was ich hören will: Möchten Sie in die psychiatrische Klinik? Die Frage ist hart. Natürlich nicht, wer will schon ins Irrenhaus? Ich will nicht, ich muss. Ich habe keine Wahl. Drei Stockwerke reichen nicht. Ich gebe ihr das Telefon. Sie tippt eine Nummer ein, wartet und kündigt mich an. Ich würde reagieren, wenn ich könnte; etwas wie »Ich will nicht« sagen. Oder wegrennen und mich irgendwo verstecken. Aber egal, wie ich mich bewege, sofort stoße ich an. In Handschellen stehe ich da, überführt, unfähig – es ist Zeit, dass man mich an den Ort bringt, wo ich wirklich hingehöre. Den äußersten Flecken der Gesellschaft. Den letzten Ort, wo man mich suchen wird.

Ich frage die Ärztin nach dem unlösbaren Problem: Wie schaffen wir mich aus dem Haus? Sie sagt: Ich kann Ihnen ein Medikament geben, das Sie beruhigt. Wie schön das klingt. Ein Medikament, das mich gesund macht. Wir können Sie mit einem Krankenwagen transportieren, sagt sie. Dann können Sie sich hinlegen und kriegen von der Fahrt kaum etwas mit. Die Kohle glüht, das Feuer der Angst lodert auf. Ich soll das Haus verlassen. Das ist unmöglich, ich werde sterben. Krepieren, ersticken, elend zugrunde gehen.

Die Frau schaut mich an. Ja, würge ich hervor. Ich habe lange genug gewartet. Bis zu der Sekunde, als das Ticken anfing, die Bombe gezündet wurde und es nur noch eine Frage von Stunden ist. Die Zeit läuft ab. Die Ärztin ruft den Krankenwagen und gibt mir das Medikament. Es ist stark, verspricht sie.

Draußen ist es plötzlich ganz dunkel. Oder ich nehme es erst jetzt wahr. Die Frau spricht mit Edvin, doch ihre Worte dringen nicht zu mir durch. Etwas wächst wie ein Fell aus meiner Haut, bedeckt immer mehr von mir. Ruhe legt sich auf mich. Die Luft vibriert nicht mehr, sie steht still. Als könnte mich nichts mehr von außen erreichen, spüre ich einen Schild, der mich schützt. Es ist ein Nichts, dieses Mal ein friedliches, das mich einkuschelt und zudeckt. Das Medikament ist wie die Hand eines Gottes, die mich in einen geschützten Raum holt. Die Verkrampfung fällt von mir ab, und ich stehe im Wohnzimmer auf einer Bühne, die mir nichts mehr bedeutet. Es heißt, dass mein Vater und mein Bruder gekommen seien. Sie stehen mit auf der Bühne und schauen mich an. Ihre Augen sind groß, und ihre Münder bewegen sich wie bei Fischen, die nach Luft schnappen. Diese beiden Männer, so erfolgreich sie im Geschäft und in der Gesellschaft auch sein mögen, hier sind sie hilflos und unwichtig. Sie sind nur Statisten ohne Text. Die Frau sagt, dass ich packen soll. Für die Klinik. Das Nötigste, sagt sie.

Das erste Mal seit Wochen knipse ich das Licht im Schlafzimmer an. Es beleuchtet das Durcheinander, aus dem ich Kleidung pflücke und in meine Sporttasche werfe. Als ginge es in den Urlaub. Mein Vater ist mir gefolgt. Die anderen stehen im Wohnzimmer und warten. Manchmal geht jemand ans offene Fenster und schaut hinaus. Da sind sie, die Ärztin, der Freund und die Männer der Familie, vereint bei meinem Abgang. Seit das Medikament wirkt, fühle ich mich frei. Die Wohnung ist nur eine Wohnung. Meine ist es nicht mehr. Ich gehe und werde nicht wiederkommen. So friedlich fühlt sich Sterben an, lässt man es zu. Die Möwe gibt den Kampf auf und segelt erlöst der Erde entgegen.

Der Krankenwagen ist gekommen. Drei Stockwerke trennen ihn von mir. Drei Stockwerke mit so vielen Stufen, dass es hundertmal zu viele sind. Zwei Sanitäter, die Ärztin, Edvin, mein

Vater und mein Bruder begleiten mich; eine Eskorte von sechs Leuten. Stufe um Stufe hinunter. Ich berühre den Boden kaum. Ich bin schwerelos. Da ist kein Band mehr, das mich wieder nach oben zieht. Ich fühle mich endlich frei. Alles ist weg. Nur noch Belangloses übrig, in der Tasche, die einer der Sanitäter trägt.

Die Straße liegt ruhig da. Kaum Autos, keine Fußgänger, nur Kulisse, im Schein einer spärlichen Beleuchtung. Ich trete aus dem Haus. Als wäre es das erste Mal überhaupt, betrete ich die große Welt außerhalb des Gefängnisses. Ich trete einen Schritt vom Haus weg, einen Schritt auf den Krankenwagen zu. Ich mache einen weiteren Schritt vom Haus weg und noch einen in Richtung des Wagens, der zwischen mir und der Nichtexistenz steht. Schritt für Schritt überwinde ich die lange Distanz von wenigen Metern. Weit entfernt ruft Edvin, dass alles gut wird. Die Tür schließt sich mit einem Knall hinter mir, und auch wenn ich wollte, könnte ich die Außenwelt nicht mehr sehen; die Fenster sind mit Sichtschutzfolie überzogen.

Ich kann mich nicht hinlegen. Mein Gehirn ist zwar lahmgelegt von den Drogen, die man mir gegeben hat, aber von tief innen ruft die letzte Instanz und will Kontrolle. Ein Sanitäter setzt sich zu mir. Ich erschrecke, als das Rad des Krankenwagens vom Gehweg auf die Straße plumpst. Bumm, macht das zweite Rad, dumpf, wie eine ferne Explosion. Es schaukelt, es brummt und vibriert, wir bewegen uns. Hinter dem Sichtschutz verschwimmt die Tragödie der letzten Monate – verdammt –, ich will sofort zurück. Was passiert hier?

Meine Hände krallen sich an das Gerüst der Liege, auf der niemand liegt, weil der Patient zu krank zum Liegen ist. Wir rollen ohne Sirene durch nächtliche Straßen, Licht streift uns, zieht am Wagen vorbei. Muss man eine spezielle Prüfung machen, um Krankenwagen fahren zu dürfen?, frage ich. Ich weiß nicht, ob der Sanitäter eine Antwort gibt, ich bin in einer Blase, in die nichts eindringt.

Die Panik pulsiert im Keim und kann sich nicht ausbreiten. Sie ist chemisch gefesselt, und ich bin eingesperrt in einem Fahrzeug auf dem Weg ans Ende der Welt. Es gibt keine andere Möglichkeit, als sitzen zu bleiben und mich festzuhalten. Einfach fahren, das ist gut. Bei jedem Halt, bei jeder Kreuzung, bei jedem Rotlicht steht die Zeit still, und es könnte mich einholen, was ich verlassen will. Wäre ich nicht benebelt, würde ich schreien und toben. Der Schlag würde mich treffen, und ich wäre auf der Stelle tot. Eine lange Steigung lässt den Wagen heulen, als hätte auch er Angst vor den letzten Metern bis zur Klippe. Die Möwe segelt noch, berührt schon fast den Boden. Mach die Augen zu.

Die Tür hinter mir öffnet sich, und der Kasten, in dem ich verharre, wird von Scheinwerfern grell beleuchtet. Ich drehe mich um, stehe irgendwie auf und sehe, dass das aggressive Licht vom Auto meines Vaters kommt, das uns gefolgt ist. Ich steige aus dem Krankenwagen. Man bringt mich durch eine alte, schwere Tür in eine riesige, leere Halle. Die Sanitäter gehen zu einer Gestalt, die in einer Glasbox hinter einem Pult sitzt. Mein Vater und mein Bruder sind bei mir. Die Tasche steht auf dem Steinboden. Die Halle erinnert mich an die Empfangshallen der Hotels, die vor Jahren mein Zuhause waren.

Es fühlt sich an, als würde ich träumen. Ich stehe allein in einem riesigen Raum, höre Stimmen, sehe Schatten, die sich bewegen. Es geht schnell, und schon ist alles vorbei. Die Sanitäter, mein Vater und mein Bruder sind weg. Jemand führt mich durch endlose Gänge. Ich folge der Person, wohin auch immer sie mich führt. Tiefer hinein in ein Labyrinth, aus dem ich wohl nie mehr herausfinden werde. Ich bin in einem kleinen Zimmer, sitze jemandem gegenüber, finde kaum Worte. Es spielt keine Rolle, es ist vorbei. Ich bin endlich, wo ich hingehöre; im Irrenhaus. Da, wo die Verrückten sind. Ich habe mich fallen lassen und rase mit ultimativer Geschwindigkeit dem Boden entgegen, der vor mir zurückweicht. So wird das Fallen zu einem Schweben. Ich bin durch die Tür aller Türen getreten, an einen Ort, an dem es keine Worte gibt. An einen Ort, der mich schluckt und in sich aufnimmt. Wo mich niemand und nichts mehr erreichen kann. Ein letztes Abenteuer, auf das mich niemand vorbereitet hat und bei dem mich niemand begleiten kann. An den Fenstern hat es Gitterstäbe, damit mir die Welt nichts mehr antun kann.

Weit entfernt sehe ich die Lichter der Stadt. Sie sind so klein, dass ich sie kaum wahrnehme. Schon der Gedanke an die Stadt sticht wie ein Messer in mein Fleisch. Ich sitze auf einem schmalen Bett. Es gibt kein Geräusch außer meinem Atem. Und hinter den Stäben keine Welt. So fühlt es sich also an, tot zu sein.

griff nach der sonne

übermut

Mit einundzwanzig hob ich in einem Jumbo ab, einer Maschine
für große Distanzen. Unter den Wolken lag mächtig der Atlantik
zwischen allem Grenzenlosen und der Vergangenheit; dem lächerlich kleinen Land, aus dem ich kam. Ein Land mit wenig
Himmel, weil man sich überall am Fuß eines Berges befand, der
sich vor einem auftürmte und in einem Massiv endete, das der
Anfang und das Ende von allem schien.

Mein Ursprung war gemacht, und die Gegenwart schien un-
veränderbar. Es gab keine Möglichkeiten zur Mitgestaltung. Es
war nicht mehr als ein Museum, in dem man mit verschränkten
Armen das Werk der Alten bestaunen sollte.

Ich wollte schon als Kind ausbrechen. Als Jugendlicher hielt
ich es kaum mehr aus. Es war nicht weniger als Folter, ein grau-
sam langes Warten, bis ich endlich aufbrechen konnte. Aus einer
Felsritze entspringend, war ich gegen meine Natur durch Rohre
gezwängt, in Bahnen gelenkt und klein gehalten worden, anstatt
wachsen zu können. Endlich hatte mich die Kanalisation eines
Elternhauses und eines Schulsystems freigeben müssen, und ich
konnte mich treiben lassen, wohin es mich zog; konnte in einen
Jumbo sitzen und abheben. Über den Atlantik fliegen, mit neun-
hundert Kilometern pro Stunde dem Ort entgegen, wo meine
Vorstellung Realität werden sollte. Ich ließ alles zurück; ich

brauchte nichts, was ich kannte. Ich brauchte nur mich selbst und eine Bühne, die kein Gefängnis war und mich nicht mit Einschränkungen an etwas kettete, was nicht meine Bestimmung war. Aus der Enge ausgebrochen, war ich endlich unterwegs. Das Ziel: Weite, Freiheit, Amerika. Eine Welt mit grenzenlosen Möglichkeiten. Darin die Stadt – Los Angeles –, die als hellster Leuchtturm der Welt mit dessen Licht selbst in meine dunkle Ecke gedrungen war. Ködernd, verführerisch, wie eine Sirene auf einem Felsen mit süßem Gesang lockend.

Ich fühlte mich endlich frei, Tonnen von Gestein fielen von mir ab. Ich schüttelte mich, zündete eine Zigarette an und bestellte den dritten Longdrink. Ich stieß mit mir selbst an. Ich hatte die Unterdrückung als Kind und Jugendlicher überlebt. Ich hatte es geschafft. Ich feierte mich selbst. Freude und Spannung ließen die Luft vibrieren, Nervosität pulsierte in mir. Ich war auf dem Weg nach Hause. An einen Ort, an dem ich noch nie war. Als junger Mensch, der nichts zu verlieren und nur zu gewinnen hatte. Ich war aus einem Loch gekrochen, dem Erdreich entronnen und ließ die Luft durch mich strömen, den Duft der Möglichkeiten, der wie ein Parfüm das Flugzeug durchströmte, das summend über der Erde vorwärtsschwebte. Meiner Bestimmung entgegendüsend, mit einem Tempo, dass mir schwindlig wurde.

Es schien, als würde trotz rasanter Geschwindigkeit auf der letzten Strecke kurz vor dem Ziel die Zeit stehen bleiben. Nach zu vielen Zigaretten und einem vierten Longdrink nahm ich die Zeitung, die man mir beim Einstieg gegeben hatte. Ich las, dass Diana und Charles sich hatten scheiden lassen. Meine Mutter mochte Diana. Mir war sie egal. Wieso hätte mich interessieren sollen, dass eine Frau, gut frisiert und nett angezogen, umringt von Bodyguards Kinder in Afrika besuchte. Das stank nach Heuchelei. Kein Wunder, gefiel das meiner Mutter. Ich wollte Echtheit.

Ich war kein Prinz, auch wenn das meine Mutter vielleicht so sah; ich war nichts, was einfachen Spielregeln entsprechen konnte. Ich war niemand, den man auf die Bühne der anderen stellen konnte und der in diesem vorgefertigten Puppenhaus leben wollte. Ich brauchte meine eigene Bühne. Wie River Phoenix, dessen Buch ich gerade aus meinem Rucksack nahm. Er war den Leuten aufgefallen, war aus der Menge herausgestochen. Verletzlich und doch in seiner Authentizität viel stärker als sie. Ich blätterte durch das Buch mit den vielen Bildern und genoss Rivers Schönheit. Ich betrachtete ihn wie einen Zwillingsbruder. Aber im Gegensatz zu meinen bürgerlichen Eltern waren seine Hippies gewesen. Sie hatten ihm den Namen nach dem »Fluss des Lebens« aus Hermann Hesses »Siddhartha« gegeben.

River war ein Schauspieler gewesen, der einzigartig glänzte, denn er schien die Rollen nicht zu spielen, sondern zu leben. Als würde er vereinen, was es an Möglichkeiten gab. Auch privat stand er für das Leben; er war überzeugter Umwelt- und Tierschützer gewesen. Kein Heuchler, denn er hatte vegan gelebt, auf tierische Produkte verzichtet und sich sogar geweigert, in den Filmen, in denen er mitspielte, Lederschuhe zu tragen. Er hatte die Menschen fasziniert, indem er lebte und nicht posierte. River war mit dreiundzwanzig an Drogen gestorben. Obwohl er so speziell gewesen war, schienen ihn die Menschen schnell zu vergessen. Vielleicht, weil es so viele und immer neue Stars gibt. Auch wenn die meisten im Gegensatz zu River nur Darsteller sind.

Wenn Hollywood der Spiegel der Gesellschaft ist, dann fehlte da jetzt etwas. Ich reiste nach Los Angeles, um River zu ersetzen und weiterzuführen, was er angefangen hatte. Es ging um nicht weniger als Integrität, die Übereinstimmung des persönlichen

Wertesystems mit dem eigenen Handeln. Ich war unbestechlich und wollte einmal ohne Bitterkeit auf meine Biografie zurückblicken können. Ich wollte nichts für die anderen darstellen, sondern leben, was mir wirklich entsprach. Ich wollte etwas anstoßen, etwas bedeuten, jemand sein, der einzigartig war. Keine Ameise in einem Haufen. Ich war aus dem System ausgebrochen, in dem ich nie zu Hause gewesen war, hatte den Erwartungen der Gesellschaft den Rücken gekehrt und war auf dem Weg in die Selbstverwirklichung als Mission.

Draußen war es dunkel, und es schien, als würde das Flugzeug im All schweben. Ich blickte aus dem Fenster und sah unter mir ein unendlich großes Meer an Lichtern. In dem Land, aus dem ich kam, waren Städte nur kleine Häufchen schwacher Lichter. Hier begrüßte mich eine ganz andere Energie. Ich presste meine Nase ans kalte Fenster und sah mich gefeiert von einem Heer Engel. Ich war ein Erlöser, und wie Jesus war ich kein Prinz, sondern einer aus dem Volk. Die Lichter wirkten so göttlich und von einer anderen Welt, dass mein Blick sie nicht fassen konnte; meine Sicht verschwamm. Durch die Geschwindigkeit des Jumbos war das helle Meer zu einem Fluss geworden, der langsam unter mir trieb und nun näher kam. Die Lichter wurden zu Häusern, Straßenlampen und Autos. Alles war in Bewegung. Das Flugzeug setzte auf, und es konnte sich endlich vereinen, was zusammengehörte.

Es stand nur noch etwas zwischen mir und meiner Erfüllung: die Bürokratie. Ich durfte nicht in der Schlange für US-Bürger anstehen, obwohl ich mich als Amerikaner fühlte. Der verlorene Sohn kam nach Hause, und die Behörde erkannte ihn nicht. Ich war doch einer von ihnen, ein amerikanischer Zögling, nur mit einem anderen Pass. Ich gab dem Beamten ein Papier. Ich hatte mich vorbereitet.

Das Schreiben war vom Chefredakteur eines Snowboard-Magazins, bei dem ich als Student gearbeitet hatte. Es bestätigte, dass ich für das Magazin in Los Angeles als Journalist arbeiten sollte. Wie lächerlich das wirken musste, war mir nicht bewusst. Los Angeles war das Gegenteil meiner Herkunft; hier gab es keine Berge und keinen Schnee. Hier legte man sich an den Strand und stand nicht auf einem Snowboard an einem verschneiten Hang.

Der Beamte schaute vom Papier auf und führte mich durch eine Tür, auf der Einwanderungsbehörde stand. Er gab meinen Pass und das Schreiben einem seiner Kollegen. Warten Sie, sagte dieser, und zeigte auf die Stühle, die in vielen Reihen im großen Raum standen. Ich setzte mich neben eine Familie, die wahrscheinlich aus Mexiko kam. Der Stuhl war unbequem, und je mehr Zeit verging, desto schmerzhafter wurde die Situation. Ich sah hinter einem Tresen Beamte über Papieren brüten. Manchmal riefen sie angestrengt exotische Namen in den Raum, worauf sich jemand aus unseren Reihen erhob und nach vorn ging.

Konnte man mir den Eintritt ins Land meiner Bestimmung verwehren? Das durfte nicht sein; meine Geschichte war vorgeschrieben wie ein Skript für einen Film, den man nur noch zu drehen hatte. Doch zweifelte nicht auch Jesus, als er ans Kreuz genagelt dem Warten ausgeliefert war? Als Zeichen dafür, dass er zwar der Sohn Gottes, aber trotzdem menschlich war. Er hatte die Welt zu erlösen, und nicht weniger hatte ich vor.

Warten kannte ich, ich wartete bereits ein Leben lang. Aber gewöhnt hatte ich mich nie daran. Das Feuer loderte in mir, es war so groß geworden, dass ich innerlich zu verbrennen schien. Es war Folter, mich so lange auf einem Stuhl sitzen zu lassen, während die Geschichte weiterging. Draußen warteten meine Tasche und der Mietwagen, den ich reserviert hatte. Es wartete die Freiheit. Ich wollte nicht glauben, dass mein Schicksal in den Händen eines Beamten lag. Verdammt, ich saß im falschen Kinosaal. Mein Film spielte woanders. In ihm gab es keine Banalitäten wie Grenzen, Pässe und Beamte.

Ich brauchte einen Moment, um zu verstehen, dass es mein Name war, den man auszusprechen versuchte. Ich nahm meinen Rucksack und eilte nach vorn. Ich spürte die Blicke der Wartenden in meinem Rücken, als ich meine Papiere entgegennahm und mich zu einer Tür führen ließ. Jetzt war ich nicht mehr aufzuhalten. Ich lief durch Gänge, fand einen Ausgang und trat hinaus in die Nacht. Ich machte meinen ersten Atemzug in Freiheit. Glück durchströmte jede Faser meines Körpers.

Als ich den kleinen Shuttlebus der Mietwagenfirma bestiegen hatte, erzählte mir der Fahrer, dass die Fahrzeuge seiner Firma doch wirklich viel zu teuer seien. Er könne mich zu einem günstigeren Anbieter fahren. Er steuerte den Bus mit mir als einzigem Kunden vom Flughafen weg. Die Gegend schien heruntergekommen. Ich überraschte Los Angeles von hinten und bei Nacht. Rechts und links zogen Lagergebäude vorbei. Als der Fahrer hielt, führte mich ein Mann im Dunkeln zu einem japanischen Wagen, übergab mir den Schlüssel und zeigte mir auf einer Karte, wo ich war. Ich setzte mich in das Auto und startete den Motor. Jetzt musste ich nur noch das Hotel finden.

Die Straßen schienen verlassen. Ich versuchte, Straßennamen zu erkennen, was nicht einfach war, da es kaum Licht gab. Ich fuhr durch die Dunkelheit, bis ich eine Straße erreichte, die beleuchtet war. Sie führte zu einer vierspurigen Fahrbahn, auf der reger Verkehr herrschte. Ich gab Gas und fand Platz hinter einem Bus, aus dem mich eine Frau anstarrte. Bei einem Straßenschild fuhr ich rechts ran und suchte den Namen auf der Karte. Ich fand ihn nicht. So fuhr ich nachts durch Los Angeles mit einem klaren

Ziel, aber ohne zu wissen, wo ich war. Fühlte ich mich verloren? Hatte ich Angst? Das hätte nicht zu mir gepasst.

Ich fuhr auf den Parkplatz einer Bar. Ich fragte einen der Männer am Tresen, wo ich mich befand. Ich gab ihm die Karte, die er mit seinen geröteten Augen absuchte, bis er auf eine Stelle zeigte. Los Angeles schien größer als das ganze Land, aus dem ich kam. Aber ich ging nicht verloren. Irgendwann erreichte ich das Hotel: Es lag nicht weit vom Flughafen entfernt. Die Fahrt hätte nicht lange gedauert, hätte ich mich ausgekannt. Wie groß Los Angeles wirklich war, konnte ich nicht ahnen. Ich kam schließlich aus einem kleinen, behüteten Garten, in dem man in jeder Richtung nach wenigen Schritten an Grenzen stieß. Darüber hinaus ging es nur in der Vorstellung – dafür aber unendlich weit.

Ich wachte auf. Geweckt hatte mich ein Poltern an der Tür, begleitet von einem lauten »Cleaning«. Ich ging ins Badezimmer, wo die amerikanische Toilette die Schüssel mit Wasser flutete und meinen Kot gefährlich nahe an den Rand hob, um ihn dann endlich in einem Wirbel einzusaugen. Nach dem Duschen explodierte mein Föhn mit einem lauten Knall. Der Strom war hier anders. Auch das Wasser, man konnte es nicht trinken. Ich spuckte die Chlorbrühe wieder aus.

An der Rezeption stand eine junge Frau. Ich verkündete ihr, dass ich ein Schauspieler auf der Suche nach einer Agentur war. Sie erzählte mir von der Hollywood-Bibel, einem Buch mit allen Adressen der Filmindustrie. Ich könne das Buch in jedem Zeitungsladen kaufen. Sie fragte, ob ich single sei.

Ich trat hinaus auf die Straße und ließ mich von einer Sonne liebkosen, die mild und wärmend war. Ich zündete mir eine Zigarette an und lief nach links den Gehweg hinunter zur großen Straße, wo ein Strom Autos vorbeifloss. Die Häuser bestanden nur aus einem Erdgeschoss und sahen alle gleich aus. Es waren Geschäfte, eines nach dem anderen, jedes mit einem großen Parkplatz. Riesige Logos buhlten um Aufmerksamkeit. Ich lief dem Autostrom entgegen. Weit und breit war kein anderer Fußgänger zu sehen.

Ich betrat ein Geschäft, das vielleicht ein Café war, und setzte mich an die Bar. Alles sah aus wie in den Filmen, die ich kannte. Selbst die dicke schwarze Frau, die Unverständliches murmelte und mir Kaffee aus einer Kanne in eine Plastiktasse goss. Sie füllte sofort nach, als ich ein bisschen getrunken hatte. Auch wenn ich Nein sagte. Also legte ich die Hand auf die Tasse, wenn sie in die Nähe kam. Ich gab ihr einen Dollar und lief weiter die Straße entlang.

In einem Zeitungsladen fragte ich nach der Hollywood-Bibel. Anschließend ging ich in den »99 Cents Only Store«, wo alles neunundneunzig Cents kostete, um mir zum Frühstück eine Schokolade zu kaufen. Auf dem Rückweg fiel mir auf, dass ich der einzige Weiße in der Gegend war.

Zurück im Hotelzimmer, legte ich alles auf den dicken Spannteppich; das Buch, Briefumschläge und -marken sowie die zehn Kopien meines Bewerbungsschreibens. Es waren nur wenige Sätze. Es gab nicht viel zu sagen, nur dass ich Schauspieler war und einen Agenten brauchte. Ich legte ein Foto von mir dazu, suchte im Buch nach Agenturen und schrieb die Adressen der am interessantesten klingenden Namen auf die Umschläge. So hatte ich eine Auswahl, wenn sich die Agenten meldeten. Ich ließ mir von der Rezeptionistin erklären, wo es einen Briefkasten gab, und schickte die Bewerbungen auf die Reise. Ich stellte mir die Freude der Empfänger vor. Ich sah schon, wie sie aufgeregt nach den Telefonhörern griffen, um mich im Hotel anzurufen.

Ich richtete meine Aufmerksamkeit auf das, was ich aus dem Hotelzimmer sah: einen Swimmingpool. Er lag in einem Innenhof mit losen Platten. Im Wasser trieben Zigarettenstummel, und der Müll, der nicht sinken konnte, sammelte sich am Rand. Ich ging nach draußen, wischte einen Plastikstuhl mit der Hand sauber und setzte mich an das Tischchen am Pool. Jetzt durfte ich in meinem Film alles selbst bestimmen. Ich war nicht nur der Hauptdarsteller, ich war auch der Regisseur.

Ich war angekommen, ich war endlich zu Hause und aus dem Albtraum in die Wirklichkeit getreten, wo sich manifestierte, was ich sonst nur mit geschlossenen Augen in der Vorstellung sah. Ich war in Kalifornien, wo endlos Sommer war. Ein Schauder von Ruhe fuhr durch meine angespannten Glieder. Ich war für einen Moment schwerelos, als gäbe es dieses große Gewicht nicht in meinem Kopf, das sich angesammelt und verhärtet hatte, weil ich all die Jahre machtlos gegen die Fremdbestimmung und Nötigung gewesen war. Es waren nicht nur meine Eltern gewesen, es war die ganze Gesellschaft, in der ich zu leben gezwungen gewesen war. Sie hatte den kleinen Garten des Landes in Millionen winzige Gärtchen unterteilt, wo jeder neben einer Landesflagge auf einem Liegestuhl in der Kälte saß und auf alles schoss, was sich bewegte. Man versuchte, zu konservieren, was längst gestorben war.

Hier passte ich nicht hin, denn ich stand für etwas Neues. Ich stand für eine Zukunft, wo Menschen keine Lebewesen quälten und töteten, um sie zu essen oder zu Produkten zu verwerten. Ich stand für eine Zeit, wo es egal war, ob jemand schwul oder lesbisch war. Eine Zeit, in der es keine Religionen mehr gab. Eine Zukunft, in der man sich nicht zum Broterwerb geistig prostituieren und ein Leben lang nötigen lassen musste. Eine Welt, in der es keine Voraussetzung war, einen bestimmten Pass zu besitzen, damit man Sicherheit und die nötigen Rechte hatte, um sich eigenständig entfalten zu können. Eine Zeit, in der Eltern ihre Kinder nicht mehr als Sinn und Zweck missbrauchten und psychisch und physisch misshandelten. All die Ungerechtigkeiten spürte ich in mir brennen, als ich am Pool saß und ein leichter Wind die Asche von meiner Zigarette blies.

Ich hatte keinen ausgefeilten Plan, aber das Ziel war klar. Ich würde ein berühmter Schauspieler werden und mir Gehör verschaffen. Der erste Schritt war getan; ich glaubte mich aus dem Sumpf meiner Vergangenheit befreit und fühlte mich selbstbestimmt. Ich war endlich allein und so viel stärker als unter Menschen, die an dem wenigen festhalten wollten, das sie kannten, weil sie Angst hatten, zu verlieren, was sie gar nicht besitzen konnten. Ich war aus der vermeintlichen Sicherheit des kleinen, reichen Landes inmitten einer Mauer aus Bergen geflüchtet, um mich als einziger Weißer in einem heruntergekommenen Stadtteil beim Flughafen von L. A. endlich sicher zu fühlen.

Der Pool, an dem ich saß, war dreckig, aber er sah nach Leben aus. Er war dreckig, weil er es sein durfte. Weil es keine Rolle spielte, da der Pool unwichtig war. In meinem Land hätte man ihn mit großem Aufwand sauber gehalten und sich über jeden Zigarettenstummel aufgeregt, den ein respektloser Mensch hineingeworfen hatte. So einfach schien es, das Wohlbefinden einer ganzen Gesellschaft aus dem Gleichgewicht zu bringen. Es brauchte nur ein bisschen Dreck oder einen Nachbarn, der anders aussah. Oder einen Mann, der einen anderen Mann küsste. Ich hatte die Schnauze voll von der kleinlichen Gesellschaft, die sich herausgeputzt und verkleidet als etwas Besseres sah, mit glänzender Fassade, während hinter den Türen die Kacke am Dampfen war.

Der einfache Schokoladenriegel aus dem »99 Cents Only Store« schmeckte mir in Freiheit besser als der üppige Eisbecher in Gefangenschaft – im schicken Lokal meiner Herkunft, wo man nur flüstern durfte, weil alles störte, was lebendig war. Wo die Leute wegen der Masse an Besitz und Reichtum total unbeweglich waren. Von Angst zerfressen, dass ihnen jemand etwas wegnehmen könnte. Ich hatte nur eine Tasche, ein paar wertlose T-Shirts und einen kaputten Föhn. Doch ich fühlte mich reich an Möglichkeiten. Ich war frei. Befreit von all dem Mist, der nicht meiner war.

Ich saß an einem Pool in Los Angeles und ließ alles, was ich nicht mehr brauchte, aus meinem Kopf durch meinen Körper in die losen Platten des Innenhofs sinken. Um die Essenz zu finden, denn nur sie war wichtig hier. Scheiß auf die Erziehung in einem vermögenden Elternhaus. Scheiß auf die Ausbildung, die ich meinen Eltern zuliebe gemacht hatte. Auch auf die Religion wollte ich scheißen; die tausend Kirchenbesuche und tausend Gebete, die verdammte Heuchelei. Ab jetzt existierte ich nicht nur – ab jetzt lebte ich. Ich zog mich aus und sprang in den Pool.

Die dicke schwarze Frau brummelte irgendwas und füllte meinen Kaffeebecher wieder auf. Ich fuhr mit dem Mietauto die vielen Straßen rund ums Hotel ab und genoss die abgefuckte Kulisse meiner neuen Bühne. Ich stand auf einem Platz voller älterer Autos, auf deren Windschutzscheiben mit weißer Farbe große Zahlen aufgemalt worden waren. Ich verliebte mich sofort in einen schwarzen Truck mit Ladefläche. Dieses Fahrzeug passte zum Bild, das ich von mir hatte. Um die Welt zu retten, brauchte ich viele PS.

Ich fuhr in die Gegend mit den Lagerhallen und gab den Mietwagen zurück. Nach einer Taxifahrt zurück kaufte ich für sechshundert Dollar den Pick-up. Ich setzte mich in mein ganz eigenes Stück Amerika und startete den Motor. Die Führerkabine schüttelte sich, und ich wartete, bis sich die Zylinder im Einklang bewegten und das Steuerrad nicht mehr vibrierte. Ich machte das

Radio an und drehte das Volumen auf. Der Truck schoss schwarzen Rauch in die Luft, als er sich auf die Straße bewegte und langsam Fahrt aufnahm. In der Führerkabine stank es herrlich nach Leben. Wer hatte wohl vor mir dieses Steuerrad gehalten? Was hatte dieser Truck schon alles erlebt? Ich gab richtig Gas, und das Gefährt dröhnte, als es nach Hollywood rollte.

Dort angekommen, lief ich zwischen Bettlern und Touristen auf dem Walk of Fame mit den eingelassenen Sternen der Stars. Ich studierte an den Hauseingängen die Schilder der Firmen. Sehen Sie aus wie Bill Clinton?, stand auf einem Aushang. Es gab Agenturen für Doppelgänger, Models, Tänzer und Clowns. Vor einem Haus sah ich aufgedonnerte Girls stehen. Musikvideo-Casting, versprach das Schild an der Tür.

Ich setzte mich in ein altes Diner mit Fotos von Stummfilmstars. Hollywood präsentierte sich mit einem verlebten Gesicht, doch das spielte keine Rolle. Hollywood nannte man zwar einen Stadtteil von Los Angeles, aber das echte Hollywood war nicht weniger als die eigene Verwirklichung; die Kraft, seinen Traum zu leben. Hollywood war wie ich; ich wollte kein Star werden, ich war bereits einer.

Als Nächstes wollte ich mir Beverly Hills anschauen, um zu sehen, wo ich bald wohnen würde. Beverly Hills stand für Erfolg. Ein Stadtteil für jene, die es geschafft hatten. Ich schaute mir aus dem Autofenster die Häuser an. Sie sahen aus wie die meiner Heimat, mit hübschen, gepflegten Gärtchen. Ich wollte keine Kopie meiner Herkunft und fuhr weiter nach Bel Air. Das war die wirklich teure Wohngegend. Bald war mein Truck das einzige Fahrzeug, die kleinen, kurvigen Straßen waren ohne Verkehr. Alles wirkte wie die Kulisse in einem Märchenfilm. Egal, wohin ich schaute oder fuhr, immer trennte mich ein Gitter vom Schauspiel.

Das einzige andere Fahrzeug, das mir begegnete, stellte sich quer vor mich hin und sperrte die Straße. Es sah aus wie ein Streifenwagen. Security, stand darauf geschrieben. Ein uniformierter Mann fragte, was ich hier zu suchen hätte. Ich sehe mir die Gegend an, sagte ich. Lieber nicht, meinte er und forderte mich auf, dahin zurückzufahren, wo ich herkam, egal wohin, Hauptsache, weg von hier.

Ich passte hier offenbar nicht hin. Ich war eine Bedrohung. Weil ich einen alten Pick-up und keinen glänzenden Rolls-Royce fuhr. Ich hätte nicht gedacht, dass es im Leben eine Rolle spielt, was für ein Auto man benutzt. Die hatten sich hier in eine künstliche Welt verzogen und fühlten sich bedroht durch meine Lebendigkeit. Wie im Land meiner Herkunft. Die Menschen hatten Angst vor meiner Unabhängigkeit. Sie saßen in ihren selbst gebauten Gefängnissen und hatten Schiss davor, dass ich ihnen etwas wegnehmen könnte. Dabei konnten mir ihre Künstlichkeit und ihr materieller Prunk gestohlen bleiben. Der Aufpasser folgte mir in seinem Fahrzeug, bis ich Bel Air verlassen hatte.

Im Hotel blätterte ich im Buch über River Phoenix. Ich las, wie er gestorben war. Vor drei Jahren war er in West Hollywood nach einer Überdosis Heroin und Kokain vor dem Nachtklub Viper Room zusammengebrochen, Todesursache: Herzstillstand.

Es war früher Abend, als ich vor dem »Viper Room« stand. Es war noch keiner im Klub, als ich eintrat. Wände, Boden und Decke waren schwarz. Ich stellte mich mitten auf die kleine Tanzfläche in den spärlich beleuchteten Raum und inhalierte die abgestandene Luft. Es roch nach Rauch und verschüttetem Bier. Vor mir befand sich eine kleine Bühne mit einem Schlagzeug und zwei Mikrofonständern. Ich setzte mich an die Bar und wartete. Es knallte aus den Boxen. Eine Stimme fluchte, Stille, dann füllte sich der Raum mit Rockmusik.

Ich genoss es, der erste Gast zu sein. Ich fühlte mich wohl und bestellte ein zweites Bier, als Stimmen in den Raum kamen, sich vermehrten und zu einem Gewirr wurden. Jemand fragte, woher ich komme. Ich drehte mich um und sah einen älteren, dicklichen Mann, der neben mir an der Bar saß. Ein Tourist aus Kanada, wie sich herausstellte. Martini?, fragte er mich. Es blieb nicht bei einem, er bestellte nach, immer wieder. Ich fischte die Oliven aus dem starken Drink, ließ den Mann reden und genoss, dass meine Welt weich wurde und langsam verschwamm. Ich sah, dass der Kanadier eine Begleitung hatte. Einen Mann, etwa so jung wie ich. Als ich auf die Toilette ging, wusch er sich gerade die Hände. Will er was dafür?, fragte ich ihn. Er verstand sofort. Nein, der ist einfach spendabel, sagte er.

Der Klub war inzwischen brechend voll. Eine Band spielte auf der Bühne. Ich presste mich durch die Menschenmasse zurück an die Bar, wo der alte Gönner mit einem neuen Martini auf mich wartete. Als der Tisch neben der Bühne frei geworden war, setzten wir uns. Ich rutschte unter den Tisch und blieb da sitzen.

Alles okay?, fragte der Kanadier und verschwand, um mir den Martini zu holen, der mich über die Grenze führen würde. Man hob mich zurück auf den Stuhl. Ich griff nach der Olive im Drink. Sie flutschte aus meiner Hand, rollte über den Tisch und über die Kante. Ich nahm einen so kräftigen Schluck, dass meine Nasenspitze in den Martini eintauchte und aus meinen Mundwinkeln Flüssigkeit lief, als ich das Glas auf den Tisch knallte. Fuck off, sagte ich. Die Rockmusik verschwamm zu einer Brühe unfassbarer Klänge. Mein Stuhl war ein Schiff auf stürmischer See. Der Raum drehte sich und zog sich zusammen, bis es außer mir nichts mehr gab.

Ich lag auf dem Boden im Klo, und jemand blendete mich mit einer Taschenlampe. Nein, er ist nur betrunken, hörte ich die

Stimme des Kanadiers sagen. Ich drehte den Kopf und sah River Phoenix neben mir liegen. Er blickte mir in die Augen. Er war wunderschön. Sein Gesicht leuchtete, während aus seinem Lächeln Flüssigkeit floss. Ich wollte seine Hand nehmen, als man nach mir griff. Man führte mich über eine leere Tanzfläche, auf der keine Musik mehr spielte. Die tanzenden Körper und die vielen Stimmen waren weg. Als hätte ich alles nur geträumt. Man brachte mich hinaus und ließ River sterbend zurück.

Es war Nacht. Autoscheinwerfer erhellten die Szene. Man setzte mich in ein Fahrzeug und kurbelte die Fenster herunter. Die Häuser begannen sich zu bewegen, und der Fahrtwind drückte mir die Augen zu.

Als ich wiedergeboren wurde, wuchsen aus der Dunkelheit Geräusche und Stimmen. Ich schlug die Augen auf und brauchte einen Moment, um zu realisieren, dass ich noch lebte und in Unterwäsche auf einem Sofa lag. Meine Klamotten lagen ordentlich gefaltet auf einem Stuhl. Da war ein Fenster mit einem Vorhang, dahinter leuchtete etwas grell. Ich richtete mich auf. Ich befand mich in einem kleinen Raum, in dem es zwei Türen gab. Die eine war offen. Ich hörte Männer sprechen und sah jemanden vorbeigehen. Ich zog mich leise an und entschied mich für die andere Tür. Meine Schritte wurden gedämpft von einem dicken, blutroten Teppich. Ich lief durch einen fensterlosen Gang mit weiteren Türen. Ich begann zu rennen. Nichts wie raus hier. Ich fand einen Aufzug, drückte den Knopf und schaute in den Gang zurück. Wovor flüchtete ich? Was waren das für Stimmen? Was hatten sie mit River gemacht?

Ich trat aus dem großen Gebäude, machte ein paar Schritte und drehte mich um. The Beverly Hills Hotel, stand da geschrieben. Ich setzte mich in ein Taxi und fuhr zurück zum »Viper Room«. Die Tür des Klubs war verschlossen. Ich hämmerte an die Tür. Ich wollte sie aufbrechen und River suchen, stattdessen ging ich zum Parking, wo mein Pick-up stand. Ich wusste, dass River gestorben war.

Die dicke schwarze Frau schenkte mir Kaffee ein. Ich war aus der Hitze ins kühle Lokal geflüchtet. Meine Augen brannten, und mein Gesicht fühlte sich geschwollen an. Ich sah, wie draußen die Sonne den Strom vorbeifahrender Autos beleuchtete. Es war ein Fluss, der niemals zu ruhen schien, egal, welcher Tag und welche Zeit. Die Frau goss Kaffee nach und schaute mich dabei fast lächelnd an. Ich kämpfte mit Kaffee gegen meine Übelkeit an, bis ich wieder auf die Straße hinaustrat. Mit letzter Kraft erreichte ich das Hotel, wo ich mich mit dem Buch von River auf den weichen Teppich legte und einschlief. Ich war wieder im Gang mit den vielen Türen. Ich rannte und hörte hinter mir Männer schreien. Die Türen gingen auf, und heraus traten immer mehr Leute, bis der Gang voll und gar kein Gang mehr war, sondern die Tanzfläche des »Viper Room«.

Als ich aufwachte, war da dieses brodelnde Loch in mir. Mein Magen. Draußen war es wieder dunkel. Ich ließ mich kurz von der Straßenlaterne erfassen, als ich über die Straße in die Garage ging, wo mein Pick-up stand. Das Licht war kalt, und eine Röhre flackerte. Ich rettete mich in meinen Wagen und wollte nicht warten, bis die Zylinder im Gleichklang liefen. Mit vibrierendem Steuerrad steuerte ich den Pick-up auf die Straße und dem großen M entgegen, das gegenüber leuchtete. Ich hätte laufen können, doch das wäre zu gefährlich gewesen. So sonnenbeschienen Los Angeles bei Tag war, so dunkel und bedrohlich war es nachts.

Das Areal war leer. Ich fuhr zur Sprechanlage und bestellte drei vegetarische Burger, eine große Cola und einen Apfelkuchen. Bei der Durchreiche ließ ich das Autofenster herunter und nahm das Essen entgegen. Als ich bezahlte, traten vier junge Männer aus dem Schatten. Sie waren ganz in Schwarz gekleidet und verteilten sich um mein Auto. Ich war eingekreist. Ab jetzt geschah alles in Zeitlupe. Ich sah den Mann an, der sich vor der Motorhaube aufgebaut hatte. Seine Augen funkelten im dunklen Gesicht. Ich drehte mich zur Frau hinter dem Durchreichefenster. Sie zuckte mit den Schultern. Hey!, rief jemand. Es war ein alter Mann, der vorn an der beleuchteten Straße stand und in unsere Richtung winkte. How are you?, schrie er. Ich hob die Hand und winkte zurück. Der Typ vor meiner Motorhaube drehte sich um und schaute zur Straße. Er trat einen Schritt zurück und tauchte mit den anderen Männern wieder in die Dunkelheit ab. Ich hörte auf zu winken und ließ die Hand sinken. Wer war der alte Mann? Was war gerade passiert? Der Gehweg war leer. Ich drehte mich zum Fenster, aus dem mich die Frau anstarrte.

Am Pool leuchtete noch eine letzte Lampe. Ich legte mich aufs Bett und spürte die Unruhe in mir pochen. Man hatte mich gerade ausrauben wollen. Vielleicht sogar umbringen. Wäre dieser alte Mann nicht gewesen, der aus dem Nichts aufgetaucht und wieder im Nichts verschwunden war. War er einer dieser Schutzengel, von denen mir meine Mutter erzählt hatte? Ich war wirklich der Auserwählte, das war mir jetzt klar. Als solcher brauchte ich keine Angst zu haben, denn ich wurde von einer höheren Macht beschützt. Ich spürte River in mir leben und aß nur einen der drei Burger, bevor ich wie im Rausch erschöpft zurück in die Dunkelheit tauchte. Ich lief weiter durch den Gang mit den vielen Türen. Mit der Aufgabe, den richtigen Ausgang zu finden.

Ich fragte jeden Morgen an der Rezeption, ob es Post für mich gebe. Die Antworten der Agenturen ließen auf sich warten. Für Geduld hatte ich aber keine Zeit. Die Welt musste gerettet werden, und mir ging das Geld aus. Ich trank Kaffee bei der dicken schwarzen Frau. In ihrem ausdruckslosen Gesicht schimmerte das feine Lächeln, das nur für mich sichtbar war und allwissend schien.

Ich fuhr über die Straßen von Los Angeles und fand einen Ort, an dem ich mich richtig gut fühlte. Es war weder Hollywood noch Beverly Hills noch Bel Air, es war der Strand von Santa Monica. Ich setzte mich in den Sand und schaute hinaus aufs Meer. Es reichte so weit, wie meine Vorstellung ging. Weit über den Horizont hinaus.

In der Ruhe pulsierte mein Unverständnis: Wieso meldeten die Agenturen sich nicht? Eigentlich sollten sie längst in der Hotellobby stehen und um mich buhlen. Wie konnten die Agenten nicht sehen, dass über ihnen ein besonders heller Stern am Himmel leuchtete? Sie sollten ihm folgen und ihm geben, was ihm zustand. War es etwa schwieriger, die Aufmerksamkeit von Los Angeles auf mich zu ziehen, als ich es mir vorgestellt hatte? Ich rauchte eine Zigarette und lächelte. Ich war weder enttäuscht noch genervt, ich nahm die Herausforderung an.

Es machte Sinn, dass es nicht einfach war, die Welt neu zu gestalten. Sonst hätten es längst andere getan, und River hätte seine Mission überlebt. Egal, wer und wie mächtig der Feind war, ich würde gegen ihn kämpfen und gewinnen. Die Leute fuhren knapp bekleidet mit Inlineskates den Strand entlang, und zwei muskulöse Männer warfen sich einen Frisbee zu, während ich die gerade Linie des Meereshorizonts fixierte und in meinem Kopf ein Plan entstand.

Ich fuhr zum Flughafen und kaufte mit dem letzten Geld ein Ticket. Im Hotel packte ich meine Taschen und verkaufte den Pick-up für zweihundert Dollar an den Händler zurück. Ich ließ mir von der dicken schwarzen Frau noch einmal Kaffee nachschenken und rauchte eine letzte Zigarette am Pool. Morgen würde ich bereits wieder in der alten Heimat sein. Das war keine Freude, aber so wollte es mein Plan. Bis bald, dachte ich, als das Flugzeug abhob und die Straßen von Los Angeles unter mir schnell kleiner wurden.

verschwörung

Ich saß im Bett in einem Zimmer, das mit hellgrauem Spannteppich ausgelegt war. Darüber hatte man wertvolle Perserteppiche gelegt. Über dem Bett gab es ein Bücherregal, in dem Ordner mit alten Schulunterlagen und eine Bibel standen. Gegenüber ein riesiger Spiegelschrank. Darin sah ich meine Kindertage gespiegelt. Gefangenschaft und Leere starrten mir entgegen und bemächtigten sich meiner sofort wieder. Ich fühlte die alte Lähmung wirken. Als hätte sich ein Schatten über mein Dasein gelegt, schien plötzlich alles dunkel und schwer.

Es gab zwei Auswege aus der Zelle, der eine in den Gang, wo sich meine Eltern aufgestellt hatten und sich flüsternd unterhielten, der andere auf die Terrasse, die sich um die Penthouse-Wohnung zog. Mit Aussicht auf ein Altersheim und ein Kloster. Auf der Terrasse blieb man eingeschlossen, war man nicht bereit, über das Geländer zu springen.

Im Gang standen die Monster mit den riesigen Brillen und den klammernden Händen. Ihre Münder bewegten sich rastlos, ein Strom klebriger Sätze, die mich einwickelten, sobald ich mich aus dem Zimmer wagte. Wenn sie schwiegen, war es noch schlimmer. Dann froren ihre letzten Worte ein, und ich drohte daran zu ersticken. Das Geflüster war mir lieber. Ich löschte das Licht und versuchte zu schlafen. So ginge die Zeit vorbei, die sonst stehen zu bleiben drohte. Ich hoffte auf den Schlaf als Erlösung. Das Wispern im Gang kam näher, wurde aggressiver, griff mich in meinem Kinderbett an und kroch durch die Ohren in meinen Kopf, wo es zu dröhnen begann. Bis ich in der Dunkelheit wieder die Fratzen der Vergangenheit sah, die ich überwunden geglaubt hatte.

Frühmorgens war der Gang leer, und ich schlich über die Perserteppiche ins Wohnzimmer zum Telefon. Ich wählte die Nummer von Volker, einem Freund aus dem katholischen Internat, in dem ich fünf Jahre meiner Jugend abgesessen hatte. Ich bin wieder da, flüsterte ich. Bin bei den Eltern und halte es nicht aus. Er reagierte, wie es mein Plan vorsah: Komm zu mir. Noch war unsere Verschwörung nur ein Flüstern. Doch bald würde es eine richtige Revolution sein. Wenn ihr uns unterdrückt, dann wird es gefährlich. Wir haben nichts zu verlieren, und das macht uns stark. Ich nahm meine Tasche und ging zum Aufzug.

Ich lief über die kleine perfekte Bühne einer reichen und verwöhnten Gesellschaft. An der Bushaltestelle betrachtete ich die Werbung für die Alpenkräuter-Bonbons, auf die man hier so stolz war. Bei mir wirkte die Programmierung nicht, ich sah hinter die glänzende Fassade.

Volker war ein Kiffer, und seine ganze Wohnung roch nach Gras. Wir grinsten, und ich stellte meine Tasche neben das dreckige Sofa. Ich packte sie nicht aus, denn lange wollte ich auch hier nicht bleiben. Volkers Wohnung hatte zwei Zimmer, eines davon nutzte er als Grasplantage. Im anderen befand sich neben dem Sofa einladend unsauber eine große Matratze, auf die ich mich legte und mir eine Zigarette anzündete. Volker machte Kaffee, und ich genoss den Anblick seiner kleinen Welt, die Wände ohne Tapeten und die Luft schwanger mit Leben.

Ich ließ Wasser in die Wanne einlaufen, um mich aufzuwärmen in der kalten Umgebung der hohen Berge mit dem nie schmelzenden Schnee. In Kalifornien war immer Sommer, hier war er nur kurz, wie ein Blinzeln, und erinnerte umso schmerzhafter daran, wie schön das Leben in Los Angeles war. Hier lag ich mit angewinkelten Beinen in einer engen Wanne, nicht draußen am Pool oder im warmen Sand mit der Aussicht aufs endlose Meer.

Volker fragte nichts. Das war angenehm. Er rollte sich einen Joint, und ich blätterte in einer kostenlosen lokalen Zeitung, die ich unter den Sachen auf dem Sofa gefunden hatte. Ich sah mir den Veranstaltungskalender an und fand einen Eintrag für heute, der mich sofort aus der Lethargie riss. Das war es, das war der nächste Schritt zur Revolution.

Volker zündete den Joint an. Es ist Zeit, dass du es weißt, sagte ich. Er strich sich die langen krausen Haare aus dem Gesicht und schaute mich an. Jetzt gab es kein Zurück mehr. Ich konnte nicht länger warten, es musste raus. Ich stehe auf Typen, sagte ich. Das hatte ich noch nie jemandem gesagt. Meinen Eltern hatte ich es geschrieben, als ich vor Monaten ausgezogen war. Sie hatten den Brief wahrscheinlich wie alles andere sofort in die Verdrängungskiste gelegt. Volker nahm einen Zug von seinem Joint und sagte: Easy. Das war ein erster Sieg. Ich hatte jemandem mein großes Geheimnis offenbart, und die Welt drehte sich weiter. Ein bisschen schöner als bisher.

Ich zeigte aufgeregt auf die Zeitung und sagte: Es gibt heute Abend eine Party für Schwule. Volker schien nicht sonderlich beeindruckt, während ich mir ernsthaft überlegte hinzugehen. War das nicht verrückt? Da trafen sich Typen wie ich. Menschen, die auch anders waren, die auch keine Wahl hatten. Es war Schicksal, dass ich an diesem Tag die Zeitung genommen und den Hinweis gesehen hatte. Energie pumpte durch mich und machte mich groß, während sich Volker berauschte und langsam in sich zusammenfiel.

Ich lief zur angegebenen Straßennummer. Nichts war auffällig hier, die Kulisse wies auf nichts Außergewöhnliches hin. Das Haus war aus Ziegelsteinen gebaut wie die Häuser rechts und links davon. Eine Lagerhalle, aber im Gegensatz zu jenen in Los Angeles winzig klein. Die Party fing um zwanzig Uhr an, jetzt war es Viertel nach. Es blieb noch eine halbe Zigarettenlänge, um mich gegen die Energie zu entscheiden, die mich zum Eingang zog. Eine Figur lief geduckt an mir vorbei, unauffällig wie das Haus, das sie verschluckte.

Weil ich wusste, dass es meine Bestimmung war, ging auch ich zur Tür und trat in den Raum hinein, wo sich Menschen trafen, die wie ich keine Wahl hatten. Noch nie hatte ich mich so nackt gefühlt, denn sofort spürte ich Augen auf mir, die mich auszogen. Es gab zwei Räume. Im einen befand sich eine kleine Bar, an der drei ältere Männer standen, die sich umgedreht hatten, als ich ihre Welt betrat. Der Raum war gefüllt mit Bistrotischchen und Gartenstühlen. An den Wänden hingen Bilder mit nackten Männern. Ich lief weiter zum zweiten Raum, und die Köpfe der Alten an der Bar drehten sich mir nach, als wäre ich die Sonne und sie die Sonnenblumen.

Im zweiten Raum spielte die Musik. Es gab kaum Licht. Farbige Muster zuckten, und eine Discokugel drehte sich. Ich sah eine Frau mit kurzen Haaren und einem großen Kopfhörer gekrümmt hinter einem Tisch stehen. In der Dunkelheit bewegten sich zwei Gestalten, deren Gesichter hin und wieder von rotem, gelbem und grünem Licht getroffen wurden. Ich ging zur Bar zurück, gefasst auf das, was sein musste. Ich war bereit, mich auszuliefern.

Bitte einen Martini, sagte ich und versuchte, die drei Männer zu ignorieren, die ihre Unterhaltung abgebrochen hatten. Ein Martini war hier nicht Gin mit Wermut, sondern ein süßes Getränk. Er wurde auch nicht in einem Cocktailglas serviert wie im »Viper Room«. Im Klang der seichten Discomusik setzte ich mich an das Tischchen in der Ecke und betrachtete die Bühne, auf die immer wieder jemand anders trat. Ich glotzte die Leute an, bis sie mich sahen und ich meinen Blick schnell zum nächsten verschob. Als ich mir noch so ein klebriges Gesöff geholt hatte, blieb meine Aufmerksamkeit an jemandem hängen. Er sah seltsam aus und bewegte sich hektisch durch die Menge. Als suche er etwas. Irgendwann schien er es gefunden zu haben. Willst du noch einen?, fragte er und zeigte auf das noch volle Glas vor mir. Ohne eine Antwort abzuwarten, eilte er zurück zur Bar.

Ich stand auf und flüchtete in den Raum mit den farbigen Lichtern, wo ich mich unter die Tanzenden mischte. Ich zuckte wie die anderen mit den Hüften und schwang die Arme hin und her. Ich betrachtete dabei den Boden, über den mit irrer Geschwindigkeit die hellen Punkte der Discokugel rasten. Als »99 Luftballons« von Nena lief, machte es sogar Spaß. Den Song kannte ich aus der Kindheit, und ihn hier unter Schwulen zu hören, machte mir meine neue Situation bewusst. Ich brauchte meine Neigungen nicht mehr zu verstecken, ich war frei. Ich ging zurück ins Licht.

Da bist du ja, hörte ich hinter mir. Ich drehte mich um und fand mich ganz nah an dem grinsenden Kopf mit den dicken Lippen und dem wilden krausen Haar. Er sah aus wie ein Clown. Ein alter Sack in Skater-Klamotten. Er sagte, dass er mir den Platz frei gehalten habe. Was für ein hartnäckiger Typ. Ich folgte ihm zurück zum Tisch und fand es gar nicht schlimm. Immerhin war er speziell und keine graue Maus wie die anderen hier.

Der Mann hieß Lenny und rückte mich sofort ins Scheinwerferlicht. Wie ein Fan stellte er mir mit leuchtendem Gesicht eine

Frage nach der anderen und schien angetan von meinen Antworten. Die Party war langweilig, aber Lenny war es wert, zu bleiben. Auch wenn es hier nur einen Freak gab, wenigstens hatte er mich gefunden. Wie der Kanadier im »Viper Room« eilte Lenny immer wieder zur Bar, um mir einen neuen Drink zu holen. Betrunken wurde ich hier von den Martinis nicht, aber weicher.

Bald grinste auch ich und war bereit, von meinem Plan zu erzählen. Dass ich Schauspieler war und eigentlich in Los Angeles wohnte, hatte ich bereits verraten. Ich blickte in das fleischige Gesicht von Lenny und sagte: Ich bin ein Star, nur versteht das noch nicht jeder. Lenny sah das wie ich, und ich erzählte ihm von der bevorstehenden Revolution. Ich werde wieder nach Los Angeles fliegen, nur dieses Mal bewaffnet. Ich werde professionelle Fotos von mir haben, die wie Standbilder aus Filmen aussehen. Zusammen mit einem gefälschten Lebenslauf, der mir tolle Referenzen und einige Preise zuweist. Die Agenten werden sich darum prügeln, wer mich vertreten darf. Ich konnte nicht warten, bis diese blinden Hühner ihr Korn fanden. Ich musste sie in ihr Glück stoßen. Ich spürte so viel Energie in mir, dass ich die ganze Welt aus den Angeln reißen wollte.

Lennys Gesicht leuchtete. Ich bin dabei, sagte er. Ich kniff die Augen zusammen und fragte, wie er das meine. Ich komme mit, sagte er. Ich helfe dir, unterstütze dich, auch finanziell. Ich lehnte mich zurück und sah ihn an. Das klang gut. Ich war so was von pleite und hatte echt keine Zeit, jetzt erst mal für Geld zu arbeiten. Lenny holte noch zwei Drinks, und wir stießen auf meine Zukunft in Los Angeles an.

Mein neuer Mitstreiter fuhr mich wie auf Wolken mit seinem riesigen Cadillac Fleetwood zu Volker, wo wir uns für den nächsten Tag verabredeten. Ich sah die großen Rücklichter langsam in der Dunkelheit verschwinden und trat in die versiffte Höhle, die ich vor wenigen Stunden als Einzelkämpfer verlassen hatte. Jetzt waren wir schon zwei. Zu zweit brauchte man eine Basis, also zog ich zu Lenny in seine kleine Maisonette-Wohnung. Er überließ mir sein Zimmer und schlief unter dem Dach. Anfangs wehrte ich mich, als er mir Geld geben wollte. Bis er sagte: Versteh es doch, du machst mir eine Freude damit.

Ich begann, willig sein Geld auszugeben, und schenkte ihm dafür meine Aufmerksamkeit. Lenny war Lehrer und doppelt so alt wie ich. Unter beidem schien er zu leiden, sah er sich doch selbst als Kind, gefangen in einem immer älter werdenden Körper. Er begann, meine Klamotten zu tragen, und ich begleitete ihn hin und wieder auf die Jagd. Wir liefen abends durch die Straßen, und er schaute sich die Boys an. Bis er befriedigt war und wir nach Hause gehen konnten, um auf dem Sofa Reis mit Ketchup zu essen.

Er sagte: Ich träume fast jede Nacht, dass mich die Gesellschaft an die Wand stellt, um mich zu erschießen. In mir hatte Lenny endlich einen Zuhörer gefunden. Ich wollte nicht über ihn richten und musste auch nicht kommentieren, was er sagte. Solange er mich nicht anfasste. Er versuchte es einmal, und ich sagte ihm, dass das nicht Teil des Deals war. Der Deal war, füreinander Familie zu sein. Er war die Mutter, wie ich sie mir immer gewünscht hatte. Mich unterstützend in dem, was mir wichtig war. Für ihn war ich ein Freund, der ihm zuhörte und ihn so nahm, wie er war. Für alles andere hatte Lenny einen Teenager, einen jungen Ausländer. Ich bin mir nicht sicher, ob er schon sechzehn war. Was sie unter dem Dach machten, wusste ich nicht. Lenny kaufte ihm, was ein Teenager halt so braucht; neue Turnschuhe, eine schönere Uhr. Mit ihm legte er sich aufs Bett, mit mir saß er auf dem Sofa, wo wir nächtelang quatschten. In der Wohnung bei den Gleisen in der Nähe des Bahnhofs.

Wenn Lenny arbeitete, setzte ich mich in ein alternatives Café, wo sich die Kreativen der Stadt trafen. Das Alternative war Design und eigentlich gar nicht alternativ. Hier war ich richtig, denn ich war auf der Suche nach jemandem mit einer guten Fotokamera. Der Kaffee war teuer, und keine dicke schwarze Frau schenkte wieder nach. Man musste zum Tresen gehen und um Aufmerksamkeit buhlen, bis man einen zweiten bekam. Dort fragte ich, ob einer der Stammgäste vielleicht Fotograf war. Die auffällig gekleidete Frau schenkte mir einen Moment und sagte: Ja, zwei essen hier immer zu Mittag. Wenn du bleibst, wirst du sie sehen. Ich ließ mein Gesicht strahlen, und sie wollte mich informieren, wenn es so weit war.

Zurück am Tisch, zündete ich mir eine Zigarette an und starrte in ein aufgeschlagenes Notizbuch. Ich schlug es zu, weil es nichts zu notieren gab. Früher hatte ich gelebt, indem ich geschrieben hatte. Ich hatte mich in die Fiktion gerettet. Heute passte mir die Realität. Ich machte es mir in ihr gemütlich und gab mich dem hin, was offenbar immer wieder unvermeidbar war: Warten. Bis die Frau kam und auf zwei Typen an der Bar zeigte.

Ich habe einen Auftrag für euch, sagte ich. Sie waren bereit, mir während des Essens zuzuhören. Ich erzählte von meinem Plan und erreichte, dass sie ihre Konzentration vom Essen auf meine Worte lenkten. Sie legten die Gabel hin, lachten und riefen dazwischen, als mache ich Witze. Ich holte das Buch über River aus dem Rucksack und zeigte ihnen die Fotos. So soll das aussehen, verlangte ich. Sie schoben die Teller weg und blätterten durch das Buch, während ich versicherte, dass Geld kein Problem sei. Sie benutzten Worte wie Projekt und geil und sagten, dass ich mich doch setzen solle. Die Verschwörung war nicht mehr aufzuhalten.

Den Fotografen war der Ernst der Lage noch nicht so klar, sie kicherten, als wir in Lennys riesigem Cadillac saßen. Lenny fuhr immer sehr langsam. Wie ein großes Schiff brachen wir den Raum, glitten elegant durch die Stadt und ließen uns anstarren. Im Kofferraum befanden sich das ganze Fotoequipment und die Klamotten, die ich in Vintage- und Secondhandshops gekauft hatte. In ihnen war ich River ähnlicher; richtig alternativ. Wir fuhren an Orte, die den Fotografen passend schienen. Wiesen mit hohem Gras, heruntergekommene Innenhöfe und versiffte Hauseingänge. Wir mussten sie suchen, und sie wirkten so fehl am Platz wie ich in dieser auf Hochglanz polierten Kleinstadt. Sie standen für das Universelle, und noch wichtiger: Sie hätten sich auch in Amerika befinden können.

Ich ließ meine ganze Energie in den Augen zusammenfließen, um sie leuchten zu lassen. Die Augen waren der Spiegel zur Seele, und meine waren besonders schön, wie man mir gesagt hatte. Ich war zwar Star und Produzent, aber die Fotografen mussten mich daran erinnern, nie in die Kamera zu schauen. Wir machten ja keine normalen Fotos, sondern Aufnahmen, die Momente aus Filmen mit einem coolen Charakter zeigen sollten. Ich wechselte von einem Outfit ins nächste, und in wenigen Stunden waren mehrere Filme voll.

Als Krönung entstanden Fotos im Cadillac, wo ich in einem Anzug mit hochgezogenen Brauen gelangweilt aus dem Fenster schaute. Als würde ich zu einer der Filmpremieren fahren, mich sammelnd, um dem Ansturm der Fotografen und Fans möglichst gleichgültig zu begegnen. Am Ende des Tages war ich so erschöpft vom Posieren, dass ich nicht mitkriegte, wie Lenny den Fotografen Geldscheine in die Hand drückte.

Während Lenny in ein braves Outfit schlüpfte, um als Lehrer Geld zu verdienen, spazierte ich jeden Morgen ins Café. Die Fotografen hatten ihr Studio direkt über dem Lokal. Sie hatten mir begeistert die Fotos gezeigt. Sie fanden die Bilder krass und rutschten nervös auf den Stühlen herum, als wir im Café rauchend einen Kaffee nach dem anderen tranken.

Eine seltsam gekleidete Frau kam herein und setzte sich dazu. Sie wirkte verrückt und zog umständlich den Mantel aus, den sie irgendwo aus einer Altkleidertonne gefischt haben musste. Ihre großen Augen landeten auf mir, und sie seufzte theatralisch. Unglaublich, sagte sie. Die Fotografen klärten mich auf. Die Frau führte eine Modelagentur. Sie hatte die Fotos gesehen und in mir Potenzial als Model entdeckt. Ich hoffte, dass die Frau bald ihre Augen von mir löste, um sich dem Milchkaffee zu widmen, den man vor sie hingestellt hatte. Man wollte mich zu einem Fotomodel machen. Ich hatte gedacht, dass Models besonders schön sein mussten. Dass ich das war, hatte mir noch nie jemand gesagt.

Fotografiert zu werden, schien nicht schwer. Ich musste sowieso warten, weil Lenny seinen Job erst auf Anfang Sommer kündigen konnte. Die Frau nahm endlich einen Schluck von ihrem Milchkaffee, bevor sie mir ein Papier hinlegte, das ich unterschreiben sollte.

Ich verstand nicht ganz, wieso sie und die Fotografen so aufgeregt waren. Jetzt hatte ich zwar eine Agentin, aber im falschen Berufsfeld und auf dem falschen Kontinent. Eine Modelagentin in einer Kleinstadt im Niemandsland zwischen den hohen Bergen war nicht zu vergleichen mit einem Filmagenten in Hollywood. Das war nicht meine Bühne, und das sollten die Fotografen als Mitverschwörer eigentlich wissen. Aber weil sie feiern wollten und man mir einen Sekt hinstellte, fühlte es sich für den Moment okay an. Man sagte mir, dass ich bereits einen Auftrag hätte. Ein Shooting für einen Designer aus Paris. Paris klang nach Mode, und dass niemand diesen Designer kannte, konnte ich nicht wissen. Es wäre mir auch egal gewesen. Von Mode verstand ich nichts. Für mich sah das Outfit der Frau immer noch nach Kleidersammlung aus, obwohl es bestimmt der letzte Schrei war. Aber Model zu sein und am Morgen Sekt zu trinken, war unüblich, und unüblich gefiel mir. Auch dass die Kleidung des Designers für Frauen gedacht war und ich sie als Mann für die Werbung tragen sollte, schien alles andere als normal. Das passte zur Verschwörung, und ich war einverstanden, vorübergehend den Kleiderständer zu spielen.

Ich wurde geschminkt, anschließend zupfte eine Frau an mir herum, um dafür zu sorgen, dass ich in die Klamotten passte und sie keine Falten warfen. Ich stellte mich zwischen den einfarbigen Hintergrund und die zwei großen Scheinwerfer, bereit, beschossen zu werden. Alles, was ich zu bieten hatte, war mein trotziges, offenbar schönes Gesicht. Ich sollte dieses Mal direkt in die Kamera schauen und versuchen, möglichst wenig zu blinzeln, während die Scheinwerfer knallten und mich Lichtwellen erfassten. Vor wenigen Tagen hatte ich noch allein unten im Café gesessen, jetzt stand ich einen Stock höher von Menschen umringt im Blitzlichtgewitter.

Ich fühlte mich auch schön, als Lenny mich mit seinem Cadillac in die größte Stadt des Landes fuhr und mir die Örtlichkeiten zeigte, wo sich die Schwulen trafen. Was für ihn Zuhause war, war für mich nur eine Exkursion. Während er das Publikum nach Jungs absuchte, ließ ich mich anglotzen.

Wir gingen nicht nur in Bars, es gab auch einen kleinen Klub. Durch einen unauffälligen Hauseingang erreichte man über eine enge Treppe einen Raum, in dem ein als Frau verkleideter Typ auf einer winzigen Bühne die Gäste unterhielt. Als die Show vorbei war, begannen die Leute unruhig im Dunkeln umherzuirren. Ich fühlte mich von den vielen Augen angegriffen und war dankbar, dass Lenny wie ein Bodyguard an meiner Seite war. Wir hatten es uns an einem Tischchen bequem gemacht, und der Alkohol entspannte mich. Lenny und ich lachten viel. Uns machte das Leben Spaß, es war ein Spiel. Das hob uns ab von den anderen, die ernst und getrieben an uns vorbeischlichen. Ihr Starren prallte an der Blase ab, die mich und Lenny umhüllte. Wir waren uns genug.

Lenny hörte mit dem Jagen auf, und ich war sowieso nicht auf der Suche. In meinem Drehbuch gab es keinen Platz für die Liebe. In meiner Kindheit und Jugend hatte ich Liebe als etwas Einengendes erfahren. Ich war nicht aus dem Käfig ausgebrochen, um mich erneut einsperren zu lassen. Aber ich war bereit, Lenny seinen Platz an meiner Seite zu geben. Du wirst in Los Angeles meinen europäischen Manager spielen, sagte ich. Seine Augen weiteten sich im Clowngesicht, und ich erklärte ihm, was es mit dieser Ehre auf sich hatte. Er musste sich einen Anzug und einen dicken Terminkalender mit Ledereinband kaufen und Visitenkarten drucken lassen. Royal Management heißt deine Firma, entschied ich und stieß mit ihm im kleinen Klub mit den verlorenen Gestalten darauf an.

So schnell aus mir ein Model geworden war, so schnell wurde Lenny mein Manager. Nur schätzte ich ihn nicht als clever genug ein, um diese Rolle glaubhaft spielen zu können. Ich machte sie zu einer Statistenrolle und befahl ihm, ein sehr schweigsamer Manager zu sein. Es ging nur um das Bild. Die Rolle, die er sich selbst zugewiesen hatte, durfte er aber lauthals spielen. Als mein Fahrer steuerte er das Schiff lachend durch die Nacht übers Land zurück zur Basis, wo die Uhr tickte und der Sommer vor der Tür stand. Das bedeutete, dass es schon bald zurück nach Los Angeles ging. Aber dieses Mal in Begleitung, mit Geld, bis an die Zähne bewaffnet und gefährlich selbstbewusst.

Bis es so weit war, ging ich jeden Morgen ins Café, von wo ich den Tag als Model startete und mich für die Werbung einer Krankenkasse fotografieren oder mich für ein Musikvideo eines lokalen Popstars filmen ließ. Gab es keinen Auftrag, bestellte ich mit Lennys Geld Sekt und arbeitete an meinem gefälschten Lebenslauf. Ich kreierte eine beeindruckende Referenzliste. Aus den Theateraufführungen im katholischen Internat machte ich Kinofilme. Der Priester, der mit uns geprobt hatte, wurde zum erfolgreichen Regisseur. Der Preis, den ich als Kind beim Malwettbewerb einer Automarke bekommen hatte, wurde zu einer Auszeichnung als Schauspieler. Ich zeigte mich aber bescheiden und verlieh mir nur nationale Filmpreise.

Als Lenny von der Arbeit kam, fuhr ich mit ihm zu einer Druckerei, um die Visitenkarten in Auftrag zu geben. Wir gestalteten eine königsblaue Karte mit einem goldenen Löwen, unter dem mit geschwungenen Buchstaben Royal Management und Paris, Milano, London und Zürich stand. Wir kauften Lenny einen schwarzen Anzug und den größten, teuersten Terminkalender. Lenny bezog das Geld von der Rentenkasse, es sollte eigentlich seine Rente sichern. Sein Job und die Wohnung waren gekündigt, und in der Küche lagen die Flugtickets bereit. Die Sonne schien, und ich glaubte schon die Abgase von L.A. zu riechen und die Luft flimmern zu sehen.

Bevor wir abhoben, schenkte mir Lenny noch einen Ausflug. Er ließ den Cadillac gemütlich auf der Autobahn Richtung Süden rollen. Mit einer Basketballmütze hatte er den Irrsinn seiner Haare zu bändigen versucht. Er nannte sie seinen Chauffeur-Hut. Neben mir saß der Junge, der regelmäßig in die Wohnung kam, um mit Lenny unter dem Dach zu verschwinden. Um zu kuscheln, wie es Lenny nannte. Wir fuhren in die lange Röhre, die durch das Massiv führte, das uns noch vom Süden trennte. Als wir das andere Ende erreichten, begrüßte uns doppelt so viel Licht, und Lenny schaltete die Klimaanlage ein. Der Junge und ich waren übertrieben gut gelaunt, was Lenny glücklich machte. Es war nicht schwer, denn dieses Leben machte Spaß.

In Italien wurden die Straßen enger, und Lenny steuerte unser Gefährt vorsichtig durch die Gassen ans Meer. Auf einem Parkplatz vor einem Restaurant kamen wir zu stehen und zogen mit dem extravaganten Metall die Blicke auf uns. Lenny stieg aus und öffnete uns die Türen. So wollte er es, denn er sei ja nur der Chauffeur. Wir setzten uns an einen Tisch direkt am Meer und bestellten Pizza und süßen Wein. Als drei verlorene Menschen, die das Leben zusammengespült hatte. Jeder von uns hatte etwas zu bieten und trug erfolgreich seinen Teil zur Familie bei. Zusammen durften wir sein, wer wir waren. Wir mussten einander nichts vorspielen, um respektiert zu werden. Wir legten uns spätabends zu dritt ins Hotelbett, der Junge in der Mitte. Ich wachte auf, als er mir zwischen die Beine fasste. Ich reagierte nicht, weder wurde ich erregt, noch schob ich seine Hand weg. Das war etwas zwischen Lenny und ihm. Für Sexualität hatte ich keine Energie.

Lieber nahm ich die Gitarre aus dem Kofferraum und spazierte mit Lenny und dem Jungen die Küste entlang. Bis zu einer Schiffswerft, wo wir uns hinsetzten und ich zu spielen begann. Vor uns ein Schiff, das aussah, als wäre es fertig gebaut und bereit, abzulegen. Das Flüstern der Verschwörung war zu einem lauten Brüllen geworden.

hinter dem horizont

Auf dem Flug zurück nach Los Angeles gab es Turbulenzen. Das Flugzeug wurde kräftig durchgeschüttelt, aber es machte uns nichts aus. Wir hatten keine Angst. Das Drehbuch war geschrieben, uns konnte nichts passieren. Sekt schwappte auf meine Hose, und Lenny hielt sein Radler hoch. Mit wenig Bier, hatte er der Flugbegleiterin gesagt. Wir rauchten. Während ich den Rauch inhalierte, paffte Lenny nur. Als wäre er ein Kind, das einen Erwachsenen spielte.

Ein Flugbegleiter verteilte Formulare für die amerikanische Behörde. Wir mussten angeben, ob wir planten, in den USA kriminellen Aktivitäten nachzugehen. Nein, unsere Verschwörung war nicht illegal. Was wir geplant hatten, war das, was Amerika selbst groß machte. Wir hatten uns aufgeplustert, um eine Show abzuziehen. Das Flugzeug stieß aus den dunklen Wolken, und über Kalifornien begrüßte uns klarer Himmel. Als sich Los Angeles wie ein Spannteppich unter uns auszubreiten begann, wollte ich vor Freude aufstehen und schreien. Ich knallte meine Hand gegen die von Lenny. Der Gurt hielt mich davon ab, nicht schon bei der Landung zum Ausgang zu stürzen.

Es störte mich dieses Mal nicht, dass ich an der Schlange für Ausländer anstehen musste. In meinem Spiel waren Nationalitäten und Formalitäten inzwischen egal. Ich hatte den erforderlichen Stempel schon im Pass – mein Visum als Journalist –, und Lenny reiste als ordinärer Tourist ein. Ohne Umstände winkte man uns durch.

Wir eilten durch den Flughafen und traten hinaus auf die Bühne, wo es nur noch umzusetzen galt, was wir geplant hatten. Los Angeles empfing mich dieses Mal bei Tag. Wie ein riesiger Scheinwerfer erfasste die Sonne unsere Gesichter und heizte meine kühle Haut auf. Es fühlte sich an, als wären nur Tage vergangen, seit ich die Stadt verlassen hatte. Gleichzeitig schien es endlos lange her, denn ich fühlte mich so verändert, als wäre ich inzwischen ein ganz anderer Mensch. Ich war nicht mehr der passive Retter der Welt, der nur sein musste, um alles zu verändern. Ich wusste, dass ich kämpfen musste, damit aus meinen Vorstellungen mehr wurde als nur ein Traum.

Wir saßen im Bus der Mietwagenfirma und sahen die breiten, dicht befahrenen Straßen an uns vorübergleiten. Ich hatte sie vermisst. Als würde ein Orchester in meinem Kopf spielen, fühlte ich mich am Puls des Glücks. Die Fahrt endete nicht in der Gegend der Lagerhallen, und ich verirrte mich nicht im dunklen Straßengewirr, sondern ich führte Lenny, nachdem wir unseren Mietwagen in Empfang genommen hatten, auf direktem Weg zum Hotel.

Die Frau an der Rezeption freute sich, mich zu sehen. Im Coffee-Shop schenkte mir die dicke schwarze Frau ihr verschwörerisches, kaum sichtbares Lächeln, als sie uns Kaffee nachgoss, bis ich vibrierte. Wir richteten im Hotelzimmer unsere Zentrale ein, mit Aussicht auf meinen geliebten Pool.

Noch war die Reise nicht zu Ende. Ich hatte genug Zeit mit Warten verbracht und jagte Lenny durch die letzten Vorbereitungen. Ich hatte Energie für zwei und wäre auch allein gefahren, hätte er mich gelassen. In Amerika darf man auch bei Rot rechts abbiegen, drängte ich ihn, als er anhielt. Wir fuhren nach Beverly

Hills und mieteten ein Postfach, damit ich eine anständige Adresse hatte. Im Laden daneben kauften wir einen Pager und ein Handy, denn ich wollte jederzeit erreichbar sein. Zwei Shops weiter druckten wir Visitenkarten mit meinen Kontaktdaten und fuhren zurück zur Basis. Ich holte die Kopien der Fotos und Referenzen wie auch die Visitenkarten von Manager Lenny aus meiner Tasche. Wir verteilten die Unterlagen auf dem dicken Teppich und suchten uns Agenturen aus der Hollywood-Bibel. Dieses Mal versandte ich keine kleinen dünnen Briefe mit einem Foto meines privaten Ichs, sondern dicke, schwere Briefumschläge, prall gefüllt mit Dokumenten eines Stars. Wir schleppten das Material zum Briefkasten und schickten auf die Reise, was wir die letzten Monate so aufwendig vorbereitet hatten. Erst jetzt erlaubte ich Lenny, seinen Koffer auszupacken, und setzte mich an den kleinen Tisch am Pool.

Ich zündete mir eine Zigarette an und gestattete mir, mich zu entspannen. Ich schloss die Augen und ließ mich von der Sonne liebkosen. Der Druck löste sich langsam, und ich fühlte wieder den endlosen Sommer in mir wirken. Als Lenny erschöpft in den Innenhof kam, war es schon dunkel. Das Konzert der Autoalarme begann. In Italien hatten Zikaden die Nacht mit ihrem Gesang erfüllt, hier buhlten Alarme in unterschiedlichen Klängen um Aufmerksamkeit.

Der Plan war dabei, umgesetzt zu werden, und ich war wieder fähig, die Außenwelt wahrzunehmen. Ich versuchte, den Alarm zu ignorieren, und konzentrierte mich auf Lenny, um ihn bei Laune zu halten. Ich holte uns eine Cola aus dem Automaten, und wir blieben am Pool sitzen, bis uns die Müdigkeit zu lähmen begann und Lenny wie ein Greis aussah.

Damit er wieder strahlte, suchten wir am Morgen in seinem Reiseführer für Schwule nach Cafés und fuhren zu einem Lokal in West Hollywood. So voll die Straßen schon waren, so leer war noch das Lokal. Heute war es Lenny, der getrieben schien. Ich sah in seinem Gesicht wieder die Anspannung. Hier hatte er keinen kleinen Freund, der mit ihm unter dem Dach verschwand. Wie ein Junkie auf Entzug schrien seine Triebe nach Befriedigung. Er war nicht nur durstig, er wirkte gierig. Los Angeles war auch für ihn eine neue Welt, und er glaubte, sich unerkannt austoben zu können. Weit weg von seiner Lehrerexistenz fühlte sich der Wolf im Schafspelz frei und wirkte gefährlich. Während Lenny die Tür fixierte, schlürfte ich Kaffee mit Karamellgeschmack. Wir saßen stundenlang im Café und warteten auf junges Fleisch. Wir fanden es erst am Abend in einer Bar, und Lenny blühte auf. Als würde der Anblick von jungen Boys seine Seele auftanken.

Ich war froh, dass es ihm für den Moment reichte, wenn er erblickte, was er begehrte. Ich sah auch keine Gefahr, dass ich ihm etwas bedeuten könnte, was über Freundschaft und die Verschwörung hinausging. Die Regeln waren klar: Er war in diesem Spiel nur Financier und Chauffeur. Ich dachte nicht daran, dass sich im Spiel des Lebens die Regeln schnell ändern können.

Das Telefon klingelte zweimal. Es waren Agenturen. Es ging los. Lenny zog den Manageranzug an und steuerte den Wagen, während ich die Karte hielt. Rechts, links, geradeaus, sagte ich, bis wir das Gebäude der ersten Agentur erreicht hatten. Lenny hielt sich an unsere Abmachung und schwieg, als wir einer Frau durch die einfachen Räumlichkeiten folgten. Für eine Schauspielagentin sah sie sehr unwichtig aus. An einer Wand befand sich ein Regal mit den Fotos irgendwelcher Schauspieler. Ich kannte keinen der Namen, und die Gesichter sahen belanglos aus. Als hätte jemand die ersten dreißig Leute fotografiert, die ihm auf der Straße begegnet waren. Die Frau wirkte gelangweilt, als ich ihr sagte, dass ich noch einen Termin bei einer anderen Agentur hätte und mich melden würde. Lenny und ich setzten uns wieder ins Auto, und ich strich den Namen der Agentur von meiner Liste.

Ich war auf der Suche nach jemandem, der für mich brannte, eine energetische und charismatische Figur, die Leute um den Finger wickeln konnte und mit Filmproduzenten befreundet war. Ich war mir sicher: Hollywood war eine Showbühne, und wer sich grau und matt repräsentiert auf sie wagte, würde nie vom Scheinwerferlicht erfasst werden. Ich brauchte jemanden mit viel Selbstbewusstsein, bereit, alles zu geben.

Da passte der zweite Agent besser. Er saß auf der Veranda eines Einfamilienhauses und trug wie Lenny einen Anzug. Er winkte, als wir vorfuhren. Als hätte er schon sehnsüchtig auf uns gewartet. Er war schwarz und dick und wirkte wie Lenny verkleidet im Anzug. Er ließ meine Hand nicht los, während er mich strahlend ansah und fragte: Kommst du vom Mars? Ich hatte ihn gefunden, den Agenten, für den ich außerirdisch besonders war.

Er sagte: Wenn ihr bleibt, kann ich dich gleich einer Produzentin vorstellen. Sie war auch schwarz und eigentlich nur die Frau eines Produzenten. Sie fuhr einen neuen, schwarzen Mercedes und roch teuer. Sie hieß uns einsteigen, und als sie den Zündschlüssel drehte, knallte laute Rap-Musik aus den Lautsprechern. Als würde sie über dem Gesetz stehen, fuhr sie uns mit übersetzter Geschwindigkeit zu einem schicken Restaurant. Im Lokal trank sie den teuren Wein wie Wasser. Ihre Stimme war schrill und laut. Die ganze Szene wirkte surreal, und der Agent zwinkerte mir verschwörerisch zu. Ich lehnte mich zurück und genoss die Show.

Lenny brach sein Schweigen. Ich wusste, dass er sich unwohl fühlte unter Erwachsenen. Aber erwachsen war hier niemand. Also kam er aus seiner Deckung und beteiligte sich am lauten Gespräch. Es schien, als würden der Agent und die Frau das gleiche Spiel leben wie wir. Die Frau zahlte und fuhr uns betrunken und begleitet von wuchtigem Bass durch das inzwischen dunkel gewordene Los Angeles zurück zu unserem kleinen, unspektakulären Mietwagen. Unsere Ohren dröhnten, und unser Blick war verschwommen, als wir zurück zur Basis fuhren. Was für ein Tag! Er hatte mit dem Klingeln meines Handys begonnen und endete mit einem berauschten Kopf. Ich fühlte mich gut. Einen Schauspieler zu spielen, machte Spaß.

Am Morgen rauchte ich eine Zigarette am Pool, während Lenny duschte. Auf Kaffee musste ich warten, bis wir nach Hollywood gefahren waren, wo der Agent in einem Coffee-Shop auf uns wartete. Ich erzählte ihm, wie gern ich einen amerikanischen Führerschein hätte. Ohne musste ich beim Zigarettenkaufen jedes Mal meinen Pass übersetzen und anzweifeln lassen, dass ich schon alt genug war, um rauchen zu dürfen. Der Agent zeigte sich hilfsbereit und versprach, uns Führerscheine zu besorgen. Die sehen echt aus, sagte er und versprach: Keiner wird merken, dass sie gefälscht sind. Ich sah Lenny an. Da klingelte mein Telefon, und ich ging nach draußen. Es war der Assistent eines Agenten aus Studio City. Das klang wichtig, ich vereinbarte gleich einen Termin für den Nachmittag und sah durch das Fenster zu, wie Lenny und der schwarze Agent sich unterhielten. Was gestern noch die Zukunft bedeutet hatte, war durch den Anruf schon zu Vergangenheit geworden. Studio City wartete auf mich. Ich war wohl wirklich für das ganz Große bestimmt. Ich ging ins Lokal zurück und hörte den Agenten sagen, dass eine tolle Zukunft vor mir liege. Nächstes Mal bringe ich den Vertrag mit, sagte er. Ich hörte ihm zu im Wissen, dass ich ihn nie mehr sehen würde.

Der Agent in Studio City stellte sich als Simon vor. Hinter ihm war ein Regal mit Fotos von Schauspielern, deren Namen ich kannte. Hier war ich richtig. Ich schenkte ihm mein schönstes

Lächeln und ließ meine Augen leuchten. Ein Hund schnüffelte an meiner Hand, und ich fragte, ob es ein Weibchen war. Bist du verrückt?, sagte Simon. In seinem Leben gebe es keine einzige Frau. Und du, fragte er, bist du auch schwul? Nein, behauptete ich. Ich log, weil meine Sexualität keine Rolle spielen sollte.

Simon fragte Lenny, wie es mit dem Business in Europa laufe. Das war der Moment, in dem ich die Unterhaltung an mich reißen musste. Ich stellte Simon eine Frage nach der anderen. Wie der schwarze Agent sah auch er schon einen Star in mir. Er lobte mein Aussehen. Ob ich Talent als Schauspieler hatte, schien egal. Er sagte: Wenn ihr wollt, könnt ihr im Café nebenan was trinken gehen, während ich den Vertrag vorbereite. Es war so weit. Ich hatte einen Filmagenten in Hollywood.

Simon wirkte seriös und schien erfolgreich. Er nahm sich meiner an wie ein Vater, und Lenny als Mutter zeigte sich zufrieden, mich in guten Händen zu wissen. Es war an der Zeit, die Basis im Hotel aufzugeben und aus dem Provisorischen in etwas Permanentes zu treten. Wir brauchten ein Auto und eine Wohnung. Eine Wohnung nur für mich, denn Lenny wollte bald zurück. Ich muss doch Geld verdienen, sagte er. Wir kauften einen gebrauchten japanischen Wagen, der kaum Power hatte. Nicht gerade das Fahrzeug eines Stars, aber Lenny sah es als einen akzeptablen Anfang. In West Hollywood fanden wir in einem großen Gebäude eine freie Einzimmerwohnung. Das Haus schien vor allem von alten Russen bewohnt und hatte einen kleinen Pool. Das Ziel war erreicht, und ich packte meine Tasche aus. Aus dem Getriebenen schälte sich eine entspanntere Version von mir.

Wir richteten uns ein, kauften die nötigsten Möbel und Fallen für die riesigen Schaben, die es in der Wohnung gab. Nachts schlief ich zum Konzert der Autoalarme ein. Am Morgen erhob ich mich von der dünnen Matratze und trat auf den ganz eigenen Spannteppich. Ich machte mir und Lenny Kaffee aus Instantpulver. Ich war zufrieden, denn ich glaubte, mich jetzt endlich verwirklichen zu können. Ich packte die Erinnerungen an alles, was vorher war, in eine Kiste. Ich war frei und hatte trotzdem Sicherheit.

Ich war wieder ein Kind, nur dieses Mal mit besseren Eltern. Lenny und Simon standen auf meiner Seite, wir liefen in die gleiche Richtung. Ihnen schien wichtig, was für mich richtig war. Uns ging es um nicht weniger als meine Verwirklichung. Ich konnte die Führung abgeben, ich vertraute den beiden. Ich war mir nicht bewusst, dass ich für sie nicht nur Investition war, sondern für etwas stand, das ihren ganz eigenen, mir unbekannten Träumen entsprang.

Simon nahm mich mit auf die Reise in seinem großen, schwarzen Luxuswagen. Als Erstes fuhren wir zum bekanntesten Schauspielcoach der Stadt. Die Frau musterte mich, während Simon in seiner mächtigen Größe und Breite hinter mir stand. Ich wusste, dass sie die ganz großen Stars betreute. Simon sagte wieder, was er mir und Lenny schon gesagt hatte: Aus mir werde etwas ganz Großes. Die Frau schien das nicht abwegig zu finden, und schon hatte ich den gleichen Coach wie Brad Pitt. Das klang schon sehr nach Erfolg, und Lenny schien es nicht zu stören, dass alles etwas kostete. Für sich selbst sah er in der Zukunft die Rolle, sich um die Administration zu kümmern. Was er darunter verstand, wusste ich nicht. Vielleicht so etwas wie Assistent?

Er fuhr mich zu einem Coach, der mit mir an meinem Akzent arbeiten sollte. Der alte Mann war eine Koryphäe. Er war selbst Schauspieler gewesen und hatte schon mit vielen Berühmtheiten gearbeitet. Wir gingen Wort für Wort meine Aussprache durch, und mit nichts schien er zufrieden. Als wäre ich wieder in der Schule. Das war kein Spiel mehr, das war Arbeit. Nur kriegte ich kein Geld, sondern musste dafür bezahlen. Da war das Fotografiertwerden angenehmer.

Simon hatte uns zu einem Fotografen geschickt, damit er Fotos für meine Karte machte. Jeder Schauspieler brauchte eine Karte mit einem neutralen Porträt. Der alte Fotograf hieß James und hatte in seinem langen Leben schon Legenden fotografiert. In seinem Studio tauchte man in die Vergangenheit ein. Während er mich knipste, erzählte er von den Zeiten, als Hollywood noch ganz anders gewesen war. Ich mochte James, und er mochte mich. Du hast viel Potenzial, sagte er. Er wolle mich zusätzlich coachen. Es war zwar schön, dass jeder, dem ich begegnete, so viel in mir zu sehen schien, aber es fing langsam an, anstrengend zu werden.

Als hätte ich nicht schon genug zu tun, sprach Simon von einem ersten Casting, das offenbar sehr wichtig war. Es ging um die Fernsehserie, die in Amerika gerade am populärsten war. Man ziehe in Betracht, extra eine Rolle für mich zu kreieren. Das sei nicht einfach, wegen meines Akzents. Man denke an einen ausländischen Studenten als Partner für die junge Hauptdarstellerin. Ich war nicht nervös, als wir zum Casting fuhren. Ich dachte, dass sich schön eines nach dem anderen so ergeben würde, wie es im Skript stand, das Simon für mich geschrieben hatte.

Ich setzte mich einem Mann gegenüber in einen bequemen Sessel, und wir quatschten über alles außer über die Rolle, die ich spielen sollte. Als ich ihn danach fragte, meinte er, dass man vielleicht in Betracht ziehe, für mich die Serie zu erweitern. Vielleicht, in Betracht ziehen?

Als ich mich zurück ins Auto setzte, war ich schlecht gelaunt. Als hätte ich all meine Energie aufgebraucht, wollte ich jetzt nur noch zusehen, wie sich der Rest von selbst ergab. Hatte ich nicht schon genug geleistet? Offenbar nicht, denn Simon schickte mich zu einem weiteren Casting. Dieses Mal bei Disney. Er gab mir ein

Skript und erwartete, dass ich die paar Sätze auswendig lernte, die er angestrichen hatte. Castings waren etwas, das mir gar nicht entsprach. Es kam mir vor, als würde ich um etwas betteln. Mich bewerten lassen von fremden Menschen, die vielleicht nicht einmal die Fähigkeit hatten, in mir das Besondere zu sehen? Ich hatte erwartet, dass man mir Rollen anbot und ich auswählen konnte. Schließlich war ich der Star, ich war außerirdisch, ich kam vom Mars.

Auch das Schauspiel-Coaching war unter meiner Würde. Ich musste lange Dialoge auswendig lernen und vor Leuten Szenen spielen, um mich anschließend kritisieren zu lassen. Man wolle meine Fähigkeiten optimieren. Als gäbe es etwas an mir zu bemängeln. Friss oder stirb, dachte ich und gab mir keine Mühe. Dass die Leute mit mir zufrieden waren, spielte keine Rolle. Ich war nicht einverstanden, dass ich etwas leisten sollte, um etwas zu sein. Das kannte ich schon aus der Vergangenheit. Davor war ich geflohen, nur um jetzt am anderen Ende der Welt wieder bewertet zu werden.

Lenny steuerte unser Auto zum Flughafen und entzog sich seiner Rolle, indem er mir dort das Steuer übergab. Die Zeit der Sommerferien war bald vorbei, und er flog zurück, um wieder als Lehrer zu arbeiten. Solange ich in Los Angeles kein Geld verdiente, war das unsere einzige Einnahmequelle. Er wusste mich bei Simon in guten Händen und verabschiedete sich zuversichtlich. Wir hatten uns noch nie umarmt. Wir hatten nie davon gesprochen, was wir einander bedeuteten. Ich war nicht traurig, als er im Flughafengebäude verschwand. Wir waren ein Team mit dem gleichen Ziel. Auf Lenny konnte ich mich verlassen. Wir waren den Weg zusammen gegangen, aber heute mussten wir uns trennen, weil jeder von uns eine andere Aufgabe hatte.

Ich musste hier zu Ende realisieren, was der Plan vorsah, während er in der Heimat die Kohle generierte, die das Feuer am Brennen hielt.

Vom Flughafen steuerte ich Richtung Studio City, um Simon zu besuchen. Wir sahen uns täglich. Mit Lenny waren wir regelmäßig zusammen essen gegangen. Simon hatte mich den Berühmtheiten vorgestellt, die in den Lokalen saßen, und Lenny hatte bezahlt. Wir hatten Simon zu privaten Partys begleitet, wo es viele Gesichter aus dem Fernsehen zu entdecken gab. Ich fühlte mich als Teil von Hollywood, und mein Leben war selbst zu dem Film geworden, in dem ich so dringend mitspielen wollte.

Ich musste das Gaspedal durchdrücken, damit sich der Wagen bewegte. Die Autos hupten und überholten. Kaum hatte ich den zweiten Gang eingelegt, musste ich wieder bremsen. Ein Rotlicht nach dem anderen. In Los Angeles zu leben, bedeutete, den halben Tag im Auto zu sitzen. Allein zum schicken Friseur, den mir Simon empfohlen hatte, musste ich mehr als eine Stunde fahren. Endlich erreichte ich die Schnellstraße den Hügel hinauf nach Studio City. Ich drückte das Gaspedal durch und spürte den Wagen leiden, als er versuchte, gegen die leichte Steigung Fahrt aufzunehmen. Es war ein Kampf, bis ich auf der geraden Strecke in den dritten Gang schalten konnte.

Als ich in den Rückspiegel schaute, konnte ich hinter mir nichts mehr sehen. Wo waren all die Autos hin? Alles, was ich sah, war Nebel. Er begann, durch die Öffnungen der Lüftung in den Wagen zu dringen. Ich hielt am Straßenrand, griff nach meinem kleinen Rucksack und flüchtete aus dem Auto. Die ganze Umgebung war voll Rauch. Der Motor meines Wagens war überfordert. Ich befürchtete, er würde gleich explodieren, und eilte die Straße hinunter, hinaus aus dem Rauch. Ich setzte mich auf den Boden und zündete mir eine Zigarette an. Mein Auto brennt, sagte ich ins Telefon. Wo bist du?, fragte Simon. Irgendwo liegen geblieben auf dem Weg zum Ziel, während Lenny friedlich der Heimat entgegenschwebte.

Simon kam gleichzeitig mit dem Abschleppwagen. Ich brauchte mehr Power für den Rest der Strecke. Sonst würde ich es nicht schaffen, die Steigung zu erklimmen, die vor dem Ziel lag. Passend schien mir ein Jeep. Damit würde ich das schwierige Gelände überwinden. Simon fuhr mich zum entsprechenden Händler, und ich entschied mich für einen neuen schwarzen Jeep Wrangler mit Soft Top. Damit sah ich auch nicht mehr lächerlich aus und konnte vor den Lokalen vorfahren, ohne den Wagen vorher aus Scham selbst parken zu müssen. In einer der kleinen Seitenstraßen selbst zu parken, wurde in Los Angeles als gefährlich eingeschätzt, weshalb jedes Lokal einen Parking Service anbot.

Ich getraute mich nicht, Lenny für die Anzahlung zu fragen. Der arme Kerl schuftete in der Hölle zwischen den schneebedeckten Bergen, damit ich hier im endlosen Sommer leben konnte. Ich schrieb meinem elf Jahre älteren Bruder. Ich wusste, dass er es zu finanziellem Erfolg gebracht hatte, und schilderte ihm die Notwendigkeit, einen eigenen Wagen zu besitzen, um in der Ferne zu überleben. Er überwies mir das Geld, und ich holte den Jeep ab. Ich fuhr direkt nach Studio City und überwand ohne Problem die Stelle, an der ich das letzte Mal stehen geblieben war.

Dass es aber nicht am Motor lag, dass es nicht weiterging, erklärte mir Simon beim Mittagessen in einem Restaurant, wo man sich einen lebenden Hummer auswählen konnte, um ihn kurz darauf als Leiche auf dem Teller serviert zu bekommen. Ich aß wie immer einen Salat und sah zu, wie Simon das gekochte Tier zerlegte. Er sagte, dass das Feedback sensationell sei. Die Leute mögen dich, sagte er. Wenn da nur das Problem nicht wäre, dass ich keine Arbeitserlaubnis als Schauspieler hatte. Da war sie wieder, die Bürokratie. Mir wurden Rollen angeboten, aber ich durfte sie nicht spielen. Irgendetwas musste immer im Weg stehen. Mach dir keine Sorgen, sagte Simon. Wir haben bereits morgen einen Termin bei einem Anwalt.

Simon redete, und der Anwalt hörte zu. Manchmal nickte er. Ich deutete sein Stirnrunzeln als schlechtes Zeichen. Simon erklärte es mir anschließend in einem Café. Eines der großen Filmstudios müsste sich an die Behörde wenden und dort begründen, wieso nur ich die Rolle spielen konnte. Das wäre ein Aufwand für das Studio und mit Kosten verbunden. Simon sagte, dass wir Geduld haben müssten, bis ein Studio so begeistert von mir sei, dass es für mich zu kämpfen bereit war.

Die Alternative gab er erst bekannt, als wir wieder in seinem großen Auto saßen. Wie Lenny war Simon ein gemütlicher Fahrer. Die Straßen von Los Angeles zogen langsam vorbei. Ich könnte dich adoptieren, schlug er vor. Dieser Satz vergiftete meinen Kopf. Eine Adoption? Er als mein Vater? Das würde bedeuten, dass ich meine Wurzeln aus der eigenen Geschichte hätte reißen müssen. Mich lossagen von allem, was mich aufgezogen und zum Leben genötigt hatte. Alles, was ich kannte, eintauschen gegen das, was ich aus dem Autofenster sah: unendlich viele Straßen und einen Traum, dessen Verwirklichung anstrengend war. Eine Adoption war in meinem Plan nicht vorgesehen. Ich wollte die Zukunft gestalten und mich nicht von der Vergangenheit lossagen. Es wäre der größte Verrat, den ich mir vorstellen konnte. Meinen Eltern zu schreiben, dass ich nicht mehr ihr Sohn war. Nur um das lächerliche Hindernis zu überwinden, das mir die Behörden in den Weg legten.

Überleg es dir, sagte Simon. Ich sah ihn an. Er trug eine Sonnenbrille mit kleinen runden Gläsern. Sie wirkte mickrig klein in seinem großen, fleischigen Gesicht. Es gab nichts zu überlegen, denn sein Vorschlag war lächerlich. Anstatt dankbar zu sein, dass Simon so sehr an mich glaubte, dass er eine Adoption vorschlug und bereit war, sämtliche Verantwortung für mich zu übernehmen, fühlte ich mich genötigt und wich innerlich zurück.

Ich merkte, dass es selbst für mich Grenzen gab. Die Schauspielerei schien mir nicht mehr der Weg zu sein, um die Welt zu verändern. Was mir aus der Ferne so klar und bestimmt vorgekommen war, erwies sich aus der Nähe als konturlos. Die große Leidenschaft hatte sich in einen Job transformiert. Und Simon machte im Kleinen die gleichen Fehler wie meine Eltern. Er kontrollierte den Aschenbecher in meinem Jeep – er hatte mir das Rauchen verboten. Er fragte nach, ob ich zum Coaching und zu den anderen Terminen gegangen war. Er begann, mich zu Hause abzuholen und überall hinzubringen, als würde er in mir ein Kind sehen, keinen selbständigen, erwachsenen Menschen. Ich fühlte mich wieder fremdbestimmt. Ich sehnte mich nach Menschen, bei denen ich mir sicher sein konnte, dass sie nicht mehr von mir wollten, als ich zu geben bereit war. Eine Investition darzustellen, schien mir inzwischen anstrengend. Ich war als Star schließlich auch ein Mensch. Und als solcher hatte ich den Wunsch nach Selbstbestimmung.

Als ich abends zu James fuhr, dem alten Fotografen, der einmal die Woche seine Freunde zusammentrommelte, um mich zusätzlich zu coachen, überfuhr ich gedankenverloren eine rote Ampel. Ich war schockiert über meine Konzentrationslosigkeit. Zum Glück war kein Auto gekommen und hatte meinen Jeep auf den Gehweg katapultiert. Nimm dich zusammen, sagte ich mir und rauschte weiter im Dämmerlicht durch die Großstadt.

Im Studio des Fotografen saßen die Veteranen der alten Hollywood-Zeit in einer Reihe und warteten darauf, mir einen Auftrag zu geben. Sie reichten sich einen Joint weiter und trugen Sonnenbrillen in ihren zerknitterten Gesichtern. Versuch, uns etwas total Sinnloses zu verkaufen, sagte James. Hinter mir stand eine alte Wandtafel mit Kreide. Ich nahm die Kreide und fing an zu reden. Sie zerbröselte langsam in meiner Hand, während die alten Kerle bekifft lachten, als ich versuchte, ihnen den eigenen Arsch zu verkaufen.

Einer der Männer war Künstler und wohnte im mit Hausrat vollgestopften Autowrack, das draußen vor dem Eingang stand. Manche kommen mit dem Leben nicht gut klar, hatte James gesagt. Ich fuhr mit ihm anschließend zu einer Bar. Es war eine unauffällige Kneipe und so dunkel, dass James gezwungen war, die Sonnenbrille aus dem Gesicht zu nehmen. Während ich langsam einen Cocktail schlürfte, bestellte er ein Bier nach dem anderen. Du bist der Sohn, den ich nie hatte, sagte er. Seine blutunterlaufenen Augen füllten sich mit Tränen. Er sah so verletzlich aus, dass ich meinen Blick abwenden musste.

Wieso war er so traurig? Er war doch Fotograf und hatte erreicht, wovon andere nur träumen konnten. Er hatte als junger Mann Marilyn Monroe und James Dean fotografiert. Jetzt saß er mit mir in einer abgefuckten Bar und sah mich mit sehnsüchtigen Augen an. Er setzte die Sonnenbrille wieder auf und fasste in der Dunkelheit ins Leere, als er nach dem Bier griff.

Beim professionellen Coaching lernte ich andere junge Talente kennen. Da waren Stacy aus betuchtem Elternhaus und Marc, der einer gewalttätigen Familie entstammte. Während Stacy locker durch das Leben ging und immer gut gelaunt schien, sah man Marc die harte Vergangenheit an. Stacy hatte in einer Villa am Strand das Leben eines verwöhnten Teenagers gelebt, während er auf dem Land in Indiana in einem Trailerpark aufgewachsen war.

Der Traum spülte in Los Angeles Menschen aus allen Ecken der Gesellschaft zusammen. Marc fragte, ob er für ein paar Tage bei mir schlafen könne. Er habe noch keinen Job und gebe sein ganzes Geld für das Coaching aus. Wir konnten uns gegenseitig helfen. Ich gab ihm ein Dach über dem Kopf, und er brachte Erdung in mein Leben. Für Stacy war das Coaching wie ein Kurs an der Schule, für Marc war es der Ausweg aus einer Herkunft, die ihm ins Gesicht geschrieben stand und in jeder seiner Bewegungen sichtbar wurde. Man sah ihm den Schmerz an. Er war ein Häufchen Elend, das ein Star sein wollte. Er wollte es allen zeigen, die ihn missbraucht hatten und ihm immer wieder gesagt hatten, wie erbärmlich er sei. Wäre das Leben fair, würde er groß rauskommen. Das Leben war aber nur fair zu mir. Wenn mich Simon jeden Morgen mit seinem Luxusauto abholte, machte sich Marc auf die Suche nach einem Job als Kellner.

Ich empfahl ihm ein Lokal, in dem sich Produzenten, Regisseure und Agenten trafen. Er solle sich dort bewerben. Er bekam den Job und konnte damit nicht nur die Hälfte meiner Miete bezahlen, er dachte auch, dass es jetzt nur noch eine Frage von Tagen wäre, bis er von einem der Gäste entdeckt würde. Wenn ich mit Simon ins Lokal kam, bediente er uns. Aus dem wird nie was, sagte Simon. Überhaupt sei jeder Kellner in Los Angeles Schauspieler. Simon fragte die nächsten drei Kellner, um es mir zu beweisen. Prompt bestätigten sie es.

Marc kaufte sich einen Fernseher und spiegelte sich in den Gesichtern in der Flimmerkiste, während ich zu exklusiven Castings fuhr, um die Rollen letztlich doch nicht annehmen zu können. Ich begann zu glauben, dass mich Marc seltsam ansah. Er sagte, dass er von mir geträumt habe. Wir seien uns körperlich nähergekommen. Ich wusste nicht, ob Marc schwul war. Er wusste es auch nicht von mir. Wie bei Simon sollte es auch bei Marc kein Thema sein. Nur Stacy hatte ich es gesagt, als ich das Gefühl hatte, dass sie etwas von mir wollte. So war ich für die Schwulen hetero und für die Heteros schwul und konnte sicher sein, dass niemand etwas im privaten Rahmen von mir erwartete.

Als Marc sagte, er habe heute Geburtstag, fuhr ich mit ihm in einen der Klubs, die gerade angesagt waren. Zwei Mädchen tanzten oben ohne auf der Bühne. Davor stand ein einzelner Tisch mit einem Reserviert-Schild. Ich ging zum Kellner und behauptete, dass ich es war, der ihn reserviert hatte. Wir setzten uns hin, und man brachte uns Champagner aufs Haus. Vielleicht dachten sie, dass ich berühmt war, weil ich so bestimmt auftrat. Marc staunte und wusste nicht, dass es keine Leistung meinerseits war, die uns die Ehre bescherte, sondern pure Dreistigkeit. Es brach kurz Unruhe aus, und Marc klärte mich über den Grund auf: Der aktuelle Prinz von Hollywood war in den Klub getreten. Nennen wir ihn Jacopo. Der Jungschauspieler hatte ein hübsches Gesicht und hatte es damit zum Helden der jungen Mädchen gebracht. Ich drehte mich um, konnte ihn aber im Gewühl nicht entdecken. Jacopo interessierte mich gar nicht. Seit dem Tod von River Phoenix sah ich das Besondere nur im eigenen Spiegelbild.

Marc kommentierte, was hinter meinem Rücken geschah. Jacopo sei in Begleitung von jungen Mexikanern gekommen. Er habe sich einen Drink an der Bar geholt und laufe jetzt durch den Klub. Marc verstummte, und rechts von mir tauchte das bekannte Gesicht auf. Es glitt vorbei, drehte sich um und kam zurück. Saßen wir vielleicht an seinem Tisch? Unsere Blicke trafen sich, und es fühlte sich seltsam an. Irgendwie war Jacopo wie ich, nur hatte er als Amerikaner die Möglichkeit, die Rollen anzunehmen.

Als einer der Mexikaner kam und sagte, dass ich zu Jacopo an die Bar kommen solle, musste ich nicht überlegen. Ich sagte, wer mich sprechen wolle, müsse sich selbst bemühen. Es war alles ein Spiel, und es sah aus, als würde ich gewinnen. Jacopo kam zwar nicht zum Tisch, dafür sprach er mich an, als ich zur Toilette ging. Er stellte sich vor, und ich spielte den Ahnungslosen. Er fragte, ob ich ihn morgen zum Kaffee treffen wolle. Er nannte mir den Namen eines Lokals und eine Uhrzeit, und ich ging zurück zu Marc, der die Begegnung zum Glück nicht mitbekommen hatte. Ich hatte ein schlechtes Gewissen, dass ich alle Aufmerksamkeit auf mich zog, während er unbeachtet blieb.

Das Treffen war sehr aufschlussreich für mich. Mir wurde klar, dass ich niemals wie Jacopo sein wollte. Ich konnte nicht etwas darstellen, das ich gar nicht war. So hatte ich schon meine Kindheit und Jugend verbracht. Jacopo erzählte mir, wie es war, ein gefeierter Filmstar zu sein. Es war Fremdbestimmung pur. Es war das, wovor ich geflüchtet war. Er war schwul, aber natürlich durfte er das als Vorlage für Mädchenträume nicht sein. Simon hatte mir erzählt, dass es Jacopo mit seinem kleinen fetten Agenten treiben musste, bis er die erste Beachtung fand. Jacopo kam aus dem Proletariat und war zu etwas geworden, das immer glänzen musste. Er sollte eine Figur, eine leere Hülle darstellen, die das Umfeld begehrenswert fand. Den Charakter sollte Jacopo nur spielen, nicht sein. Es war nicht so, dass ich Sehnsucht nach dem verspürte, wofür Jacopo stand. Es war umgekehrt. Er bewunderte meine Freiheit. Sie schien mich attraktiv zu machen. Es war keine Sehnsucht nach Normalität, sondern nach dem Zustand zwischen Boden und Himmel. Ich durfte die hübsche Figur mit Charakter sein.

Das letzte Attraktive war vom Star abgefallen. Wäre ich empathischer gewesen, wäre ich aus Mitleid mit ihm ins Bett gegangen. Ich hätte mich vielleicht auf eine versteckte Affäre mit ihm eingelassen. Aber die Zeit der Heimlichkeiten war für mich vorbei. Ich konnte Jacopo nichts anbieten und fuhr nach Hause, um einen Brief zu schreiben. Ich wollte die Hüllen fallen lassen, bevor es auch für mich in die falsche Richtung ging. Wie bei meinen Eltern outete ich mich schriftlich bei Simon. Ab jetzt verband mich noch mehr mit ihm. Hatte er mich zuvor mit schlechtem Gewissen in schwule Lokale mitgenommen, um seiner Neigung nachzugehen, waren wir es jetzt beide, die daran Gefallen fanden. Offene Homosexualität war für uns Ausbruch aus der Unterdrückung durch die Zwänge der Gesellschaft.

Suchen mussten wir beide nichts. Ich stand für ihn für alles, was er brauchte. Er nannte mich seinen kleinen Bruder und den tollsten Menschen, den es gab. Für ihn war ich wieder das, was ich als Kind für meine Mutter gewesen war, ein Erlöser, jemand, der Licht ins Dunkel brachte. Er lebte durch mich seine Sehnsucht aus. Die Sehnsucht nach dem Schweben.

Ich hingegen hatte das Gefühl, dass ich allein komplett war, und verspürte keinen Drang nach einer Verbindung. Sie hätte mich meiner Freiheit beraubt. So mischten wir uns unter das bunte Volk der Schwulenparade. Obwohl Simon es als seine Pflicht sah, wie ein Vater auf mich aufzupassen und jeden mit einem bösen Blick zu bestrafen, der mich betrachtete, schaffte ich es, heimlich mit einem Jungen Telefonnummern auszutauschen. Er hieß Joey, und als ich am nächsten Abend seine Wohnung betrat, überschritt ich bewusst die Grenze, die mich zum Eigentum zweier älterer Männer gemacht hatte.

Joey war weder Schauspieler, noch hatte er etwas mit dem Filmbusiness zu tun. Das machte ihn in meiner neuen Welt angenehm gewöhnlich, aber wie schon bei Jacopo wurde ich im Kopf nicht geil. Er schob sich Münzen in die Unterhose und hieß mich, sie herauszufischen. Was wir da taten, hatte keine Chancen gegen die erotischen Bilder in meinem Kopf. Die Realität war zu nüchtern, um darin umsetzen zu können, was in all den Jahren Gewaltiges in meinem Kopf entstanden war. Joey war nicht schüchtern, und Schüchternheit war für mich Voraussetzung. Hinter geschlossener Tür musste ich mich entscheiden, ob ich bereit war, aus der heißen Vorstellung in die kühle Realität zu treten. Es war spät, und Joey wollte zur Sache kommen. Mir war übel geworden. Mit jedem Griff in seine Hose hatte sich mein Magen mehr zusammengezogen. Mir war klar, dass ich wegmusste. Ich hatte keine Energie, mir etwas Überzeugendes auszudenken, und sagte: Ist es schon so spät? Ich muss morgen zum Frühstück mit meinem Agenten. Ich ließ ihn mit der letzten Münze in der Hose zurück und rannte zum Jeep.

Ich fuhr durch die gefährlichen kleinen Seitenstraßen, als wäre ich auf der Flucht und müsste mich vor dem verstecken, was gerade hätte passieren können. Ich hätte mich beinahe entblößt. Ich wäre konsumierbar geworden. Ich stand an einem Punkt, an dem es nicht weiterging. Ich war jetzt offen schwul, aber wollte keinen Sex. Ich war endlich Schauspieler, aber wollte keine Rolle spielen.

Es sei nur noch ein letzter Schritt, behauptete Simon. Er konnte nicht verstehen, dass ich nicht von ihm adoptiert werden wollte. Er forderte, dass ich nicht weiter mit dem ordinären Kellner in der Einzimmerwohnung wohnen blieb. Zieh zu mir, sagte er. Aber es brauchte die vielen Straßen zwischen Simon und mir, denn ich musste alles auf Distanz halten, was mir nahekommen wollte. Doch selbst diese Straßen erwarteten etwas von mir. Du musst endlich die Fahrprüfung machen, sagte Simon. Ein ausländischer Ausweis gelte nur für Touristen.

Simon stand für Vernunft, und die stellte immer mehr Forderungen. Wieso sollten für mich all die nervenden Gesetze gelten? Gab es keine Ausnahmen für jemanden, für den das nackte Dasein schon eine Vollzeitbeschäftigung war? Ich war doch ein Wesen von einem fernen Planeten, das schwebte und dem es nicht möglich war, einfach wie jeder andere auf dem Boden zu gehen.

Ich fuhr zu einem Termin beim Straßenverkehrsamt und gesellte meinen Jeep zu den andern bereits dort stehenden Autos. Immer wieder kamen Leute aus dem Gebäude, schauten kurz auf ein Papier und gingen zu einem der Wagen. Bis ich allein auf dem Parkplatz stand. Meine Hoffnung lag auf einem kleinen dicken Mann, der vor dem Eingang stand und immer wieder zu mir herüberschaute. Der Parkplatz war leer, und er hatte keine Wahl. Er kletterte neben mir in den Jeep. Losfahren, befahl er. Ich fuhr los. Schön langsam, sagte er. Ich nahm den Fuß vom Gaspedal und wartete auf weitere Anweisungen. Rechts oder links? Er starrte mich an und schien nervös. Er druckste herum, bis er schließlich sagte: Sie sehen größer aus als einen Meter sechzig. Ja, antwortete ich, ich bin größer. Rechts, sagte er. Drei Straßen weiter mussten wir an einer roten Ampel warten, und der Mann brach die Stille mit der Feststellung, dass ich nicht arabisch aussehe. Ich bestätigte auch das und fuhr weiter, bis er es nicht mehr aushielt: Sie sehen auch nicht aus wie eine Frau. Ich sah mich genötigt, zu bestätigen, dass ich tatsächlich keine Frau sei. Er seufzte, und die Anspannung wich aus seinem Gesicht. Dann habe ich die falschen Papiere, lachte er. Er zeigte mir ein Formular mit den Angaben, die für eine kleine arabische Frau galten. Er gestand, dass er mich für eine Hardcore-Lesbe gehalten habe.

Es war erstaunlich, was die Leute alles in mir sahen. Ich war sogar ein Gangster, der drei Tage später mit Blaulicht angehalten werden musste. Don't move!, schrie jemand in ein Mikrofon. Ich war in Beverly Hills über Orange gefahren, weil ich zu einem unglaublich wichtigen Meeting mit einem Casting Director musste und schon spät dran war. Ich fuhr rechts ran und hielt wie befohlen beide Hände aus dem Fenster. Vor mir tauchte mit lauter

Sirene ein zweiter Polizeiwagen auf. Der Beamte trug eine dunkle Sonnenbrille und hatte die rechte Hand an der Waffe, während er sich das Papier meiner bestandenen Fahrprüfung ansah. Er beschloss, dass es nicht nötig war, mich zu erschießen, und schickte mich zum Verkehrsgericht. Dort ließ man mich stundenlang warten. Simon war herbeigeeilt und trat mit mir vor den Richter, der mir die Strafe vorlas: eine Woche Verkehrsunterricht.

Ich buchte den Unterricht in einem Laden am Hollywood Boulevard und trat am Montagabend an. Dort sagte man mir, dass der Fernseher kaputt sei. Das war ein großes Problem, weil der ganze Kurs aus Videos bestand. Ich könne am Freitag wiederkommen und mein Zertifikat abholen, wenn ich bereit sei, niemandem zu erzählen, dass der Unterricht gar nicht stattgefunden habe. Ich bezahlte den Kurs und stoppte für ein billiges Abendessen bei »Wendy's« am Sunset Boulevard.

Die ältere Kellnerin hatte mir gerade das Essen gebracht, als die Tür aufging und ein Mann hereinkam. Er hielt sich beide Hände gegen den Bauch. Leuchtend rotes Blut tropfte auf den glänzenden hellen Fußboden. Ich führte die Gabel zum Mund und sah zu, wie der Mann zu Boden sank. Die Kellner eilten herbei, und kurz darauf kamen Sanität und Polizei. Draußen versammelten sich Fahrzeuge mit wild leuchtenden roten und blauen Lichtern. Wie farbige Spots in der Disco beleuchteten sie die Szenerie. Ich kaute und schluckte, während man den Mann zum Rettungswagen brachte. Ich würgte die letzten Bissen hinunter und umrundete die große Blutlache, als ich zum Zahlen nach vorn Richtung Ausgang ging.

Los Angeles war gefährlich und forderte täglich seine Opfer. Erst vor zwei Wochen hatte ich nach der Vorführung eines Films aus meiner Heimat mit jemandem gesprochen, der inzwischen tot war. Er war Regisseur gewesen und hatte mir in einer Bar erzählt, wie schrecklich das Business sei. Er werde immer unzufriedener, je näher er seinem Traum komme. Er hätte glücklich sein müssen, denn er war endlich in Hollywood angekommen und stand zwischen Leuten, die irgendeinen Preis feierten, den er gerade bekommen hatte.

Tage später zeigte mir Simon einen Zeitungsartikel, der vom Selbstmord des Preisträgers berichtete. Simons Bemerkungen zeigten mir, dass er nicht verstehen konnte, wie man an Hollywood zugrunde gehen konnte. Für ihn waren es die Mexikaner und die Schwarzen, die Los Angeles gefährlich machten. Sicher nicht die Träume, die wie Seifenblasen inhaltslos waren, wenn sie platzten. Oder wie eine Fata Morgana an Inhalt verloren, je näher man ihnen kam.

Ich wollte raus aus dieser Stadt. Wenigstens für ein paar Tage. Dass sie auf nicht viel mehr als Sand gebaut war, merkte ich, als nach langer Fahrt die Häuser weniger wurden und es rechts und links des Highways nur noch nackte Wüste gab. Ich war unterwegs, um Stacy zu besuchen, die ich beim Coaching kennen gelernt hatte. Sie hatte die Schauspielerei aufgegeben und studierte inzwischen in Phoenix, Arizona. Ich donnerte über den Highway. Die schnelle Fahrt durch die Wüste brachte den Horizont nicht näher. Als wäre meine Fortbewegung nur eine Illusion. Ich überholte einen riesigen Lastwagen nach dem anderen, und bei jedem Überholmanöver füllte sich das Flatterdach des Jeeps wie ein Segel mit Wind. Ich musste das Steuer nach rechts reißen, um nicht von der Straße gefegt zu werden. Mein Wagen hatte keine Klimaanlage, weil ich das günstigste Modell gewählt hatte. Ich hatte keinen Sinn darin gesehen, für etwas zu bezahlen, was man von außen nicht sehen konnte.

Am wolkenlosen Himmel glühte eine Sonne, die gnadenlos alles aufheizte, was sich in der Wüste befand. Meine Klamotten konnten all den Schweiß nicht aufsaugen. Dicke Tropfen rannen meine Stirn hinunter, und meine Augen brannten. Rechts und links nur flache Wüste, vor mir die gerade Straße, die am flimmernden Horizont verschwand. Ich hätte schreien können, so frei fühlte ich mich. Kein Freudenschrei, denn ich spürte die Gefahr, in der Freiheit verloren zu gehen. Ich fragte mich, ob jemand traurig wäre, würde ich in dieser Unendlichkeit verschwinden und im Meer der Unverbindlichkeiten auf Grund sinken. Ich rieb mir den Schweiß aus den Augen und fuhr weiter mit dem Wunsch, aus dem Nichts zurück in eine begrenzte Welt zu finden.

flügel aus wachs

Simon lud mich immer öfter zu sich ein. Fühl dich wie zu Hause, sagte er. Sein Hund war gestorben, und in seinem Gesicht sah ich Anzeichen dieser Einsamkeit, die ich bei James so ausgeprägt empfunden hatte. Er erzählte mir, dass ein amerikanisches Magazin über mich berichten wolle – als vielversprechenden jungen Schauspieler. Sie planten sogar, den Artikel mit einem Fashion-Shooting zu verbinden.

Simon freute sich und konnte nicht ahnen, dass er mich damit einer Gefahr aussetzte. Ich merkte es nicht einmal, als ich von einem Polizeiwagen gestoppt wurde. Ich war auf dem Weg zum Shooting. Die Adresse befand sich in einer verlassen wirkenden Gegend voller heruntergekommener Lagerhallen. Der Polizist sagte, dass jemand angerufen und gemeldet habe, dass ein Weißer in der Gegend unterwegs sei. Er ging davon aus, dass ich mich verirrt hatte, und bot mir an, mich zurück in eine sichere Umgebung zu eskortieren. Ich glaubte nicht, dass ich Schutz brauchte, und schickte ihn weg. Ich wusste, dass ich unsterblich war.

Ich fand die Adresse. Es war eine Lagerhalle in einem besonders schlechten Zustand. Draußen standen drei Autos, und irgendwo in der riesigen, verwinkelten Halle hörte ich Stimmen. Die Geräusche meiner Schritte hallten von den Wänden wider, als ich ihnen entgegeneilte. Drei Männer standen an einer Ecke, wo eine Frau Klamotten an einen Kleiderständer hängte. Einer der Männer stellte sich als Redakteur des Magazins vor. Seine Augen wichen nicht von mir. Sie zogen mich aus, noch bevor ich es selbst tat, um das erste Outfit überzustreifen. Man diskutierte, ob es in der Kombination der Teile gut aussah, während der Fotograf mit einem Gerät das Licht zu messen begann. Wunderbar, rief der Redakteur, als ich posierte. Genial, sagte er, obwohl ich überhaupt nichts machte, außer einfach anwesend zu sein. Nach vier Stunden meinte er, dass er noch meine Telefonnummer brauche, um mit mir einen Termin für das Interview auszumachen. Ich gab ihm meine Karte und ließ mich anstarren, während ich in meine eigene Kleidung schlüpfte und durch die Halle zurück zum Ausgang lief. Ich trat wieder ins Licht und fuhr durch die gefährlichen Straßen zurück in die scheinbar sichere Normalität des vielversprechenden Jungschauspielers.

Tage später trafen wir uns in einem Café. Der Redakteur saß mir gegenüber und stellte mir irgendwelche Fragen, auf die ich irgendwelche Antworten gab. Wenn du willst, kann ich dir die Fotos zeigen, sagte er. Sie seien bei ihm zu Hause. Ich folgte seinem Wagen bis zu einem kleinen Haus in Beverly Hills. Am Wochenende habe es gebrannt, erzählte er. Er sei in Panik auf die Straße gerannt, habe aber niemanden gefunden, der wie er das Feuer sehen konnte. Das war wohl das LSD, lachte er.

Ich setzte mich an den Schreibtisch, auf dem die Fotos ausgebreitet lagen. Ich geh schnell duschen, sagte er. Ich betrachtete die Fotos und sah in meinem Gesicht Trotz und Traurigkeit. War es das, was zum Vorschein kam, wenn ich jegliche Darstellung aufgab? Diesen Gesichtsausdruck kannte ich schon von den Kinderfotos von mir. Als wäre ich ein Haustier, das nicht gezähmt werden wollte. In meinen Augen glomm Misstrauen, und mein Körper schien allzeit bereit, wegzurennen, als wäre ich auf der

Flucht, weil ich in der Sesshaftigkeit eine Gefangenschaft sah. Ich erschrak, als eine Stimme hinter mir meinen Namen sagte. Ich drehte mich um und sah den Redakteur nackt hinter mir stehen. Sein Gesicht zeigte ein ekliges Grinsen. Entblößt stand er da, und entblößt ließ ich ihn stehen. Ich ging, ohne mich zu verabschieden und ohne mich noch einmal umzudrehen.

Ich ließ mich von Los Angeles verschlucken. Sosehr ich auffallen konnte, so unsichtbar konnte ich mich machen. Ich tauchte immer nur an der Oberfläche auf, um gleich wieder in der Tiefe zu verschwinden. Das hatte mir die Freiheit gebracht. Ich konnte abtauchen, ohne dass irgendeine Leine mich wieder nach oben zog. Einmal ausgebrochen, war ich genug misstrauisch, um in keine Falle zu tappen und mich in keinen Käfig locken zu lassen. Was ich wollte, hatte ich erreicht. Ich war der Bevormundung entkommen und hatte mir eine Existenz aufgebaut, die mir Sicherheit gab, aber wenig von mir fordern konnte.

Ich fuhr mit meinem Jeep vor einem schicken Restaurant vor und ließ den Wagen von einem Mexikaner parken. Drinnen wartete Simon mit Sonnenbrille und seinen grellweiß gebleichten Zähnen. Er hatte sich einen winzigen Nackthund gekauft, der auf seinem Schoß lag und ihm ohne Unterbruch die Hände leckte. Simon genoss, was ich eklig fand, während er eklig fand, dass Lenny mir jeden Monat Geld schickte.

Du solltest endlich eigenes Geld verdienen, meinte er. Das Shooting für das Magazin hatte ihn auf eine Idee gebracht. Er sagte, dass ich nebenbei als Model arbeiten sollte. Er kenne einen entsprechenden Agenten und wisse, dass man es in diesem Business mit der Arbeitserlaubnis nicht so genau nehme. Seit ich mich geweigert hatte, mich von Simon adoptieren zu lassen, war er vom Filmagenten ganz zum großen Bruder mutiert. So wollte ich das zumindest sehen, denn die Vorstellung, dass Simon in mir einen potenziellen Liebhaber sah, hätte mich zur Flucht animiert. Ich war auf der Hut und schlau genug, so verschwommen zu bleiben, dass mich niemand fassen konnte.

Der Modelagent schaute sich meine Fotos aus der Heimat an und wählte drei für eine Modelkarte aus. Er bestätigte, dass es egal sei, dass ich keine Arbeitserlaubnis hätte. Das hieß also, dass ich mich hier in einer Grauzone bewegte. Als ich dem Mann zum Abschied die Hand reichte, hatte ich nicht dieses großartige Gefühl, etwas erreicht zu haben, wie ich es beim ersten Treffen mit Simon gespürt hatte. Was so lange nur in meiner Vorstellung hatte stattfinden können, war inzwischen unspektakuläre Realität: Ich hatte jetzt zwei Agenten in Los Angeles. Ich stand in zwei Regalen zur Vermietung dargeboten. Mit der letzten Gelassenheit war es vorbei, denn zu den Coachings und Castings als Schauspieler kam jetzt die Arbeit als Fotomodel hinzu.

Ich stand jeden Morgen früh auf, während Marc liegen bleiben konnte, weil er als Kellner nur abends arbeitete. Ich parkte meinen Jeep in einer Straße in der Nähe der Wohnung und setzte mich gegenüber in ein Café. Die Kellnerin brachte mir einen Kaffee. Entspannen konnte ich mich nicht, denn bei jedem Lastwagen oder Bus, der vorbeifuhr, fing mein Auto zu heulen an. Weil der Jeep ein Cabriolet-Verdeck hatte, war im Inneren ein Bewegungsmelder installiert, der Alarm auslösen sollte, sobald jemand ins Innere griff. Mein Wagen stand an der Straße und hupte, blinkte und winselte deshalb bei jeder Erschütterung.

Wäre ich selbstkritisch gewesen, hätte ich darin mein eigenes Verhalten gespiegelt gesehen. Ich hatte für etwas gekämpft, dessen Feind ich jetzt war. Ich hatte etwas ins Rollen gebracht, dessen Fortbewegung ich nun als anstrengend empfand. Ich stand auf die Bremse, wenn es darum ging, Geschwindigkeit aufzunehmen.

So saß ich jeden Morgen mit im Kopf heulendem Alarm im Café und versuchte hinauszuzögern, was der Tag von mir verlangte. Als Fotomodel musste ich die Jobs annehmen, die mir angeboten wurden. Ich ließ mich auf dem Dach eines Hochhauses aufwendig frisiert für ein bekanntes Haarprodukt ablichten. In den Hügeln oberhalb von Los Angeles wurde ich in Sportklamotten fotografiert. Ich stand im Scheinwerferlicht an einer Bar, um für eine amerikanische Jeansmarke zu werben.

Ich fuhr durch die Straßen auf der Suche nach den nächsten Adressen, wo Fotografen auf mich warteten. Ich gewöhnte mich schnell an das Dasein als Vorlage. Es war eine leere Tätigkeit, und niemand erwartete viel von mir. Ich musste nur rechtzeitig an einem vereinbarten Ort sein und anziehen, was sie mir gaben. Den Rest machte mein Gesicht mit dem trotzigen Blick. Ich schaute in die grellen Scheinwerfer und blitzte mit meinen hellen Augen zurück.

Als ich erkannte, dass mir niemand etwas wegnehmen konnte, entspannte ich mich. Mein Dasein machte den Fotografen Freude, und weil ich das Gefühl hatte, endlich etwas geben zu können, was die Grenzen zum Privaten nicht überschritt, begann ich mir Mühe zu geben. Ich zeigte mich freundlich und setzte gern um, was die Leute verlangten. Die Arbeit als Model raubte dem Schauspieler die nötige Zeit, um noch zum Coaching und zu den Castings zu gehen.

Ich lernte immer mehr Leute kennen und musste Simon immer öfter eine Abfuhr erteilen, wenn er sich mit mir zum Essen treffen wollte. Ich trank mit Schauspielern, Models und Journalisten Frozen Margaritas in mexikanischen Bars und fuhr mehr als angetrunken durch das nächtliche Los Angeles. Am Morgen saß ich jeweils mit dröhnendem Kopf und Sonnenbrille im Café und ließ mich vom Alarm meines Jeeps anschreien.

Es fing an zu regnen, und die Leute in Los Angeles gerieten in Panik. Die Straßen waren so ölig, dass die Autos wie auf Glatteis rutschten. Der Sommer war längst vorbei, auch wenn es hieß, dass er in Kalifornien endlos sei. Doch mehr als ein bisschen Regen brachte der Winter nicht zustande. Es war Dezember, und ich erinnerte mich an den Strand in Santa Monica, an dem ich im Frühling gesessen hatte. Ich fuhr hin und betrachtete wieder den Horizont. Ich trug wie Simon und James eine Sonnenbrille, auch wenn es bewölkt und dunkel war. Als wäre das Leben in Los Angeles zu grell und ohne Schutz auf Dauer nicht zu ertragen. Ich war angekommen, und als wäre das gegen meine Natur, beneidete ich die Möwen, die so frei vom Strand Richtung Horizont flogen.

Ich rief Lenny an. Er hatte meinen Vater kontaktiert, um ihm zu erzählen, wo ich war und was bei mir abging. Lenny meinte, dass mir eine Pause guttun würde, und fragte, ob ich vielleicht Lust hätte, mal in die Heimat zu kommen. Ein bisschen Reisen und dem Alltag entweichen klang gut. Ich hob wieder ab. Dieses Mal waren es keine Träume, die mir Auftrieb gaben. Es war die Reise selbst. Ich hatte kein Ziel, der Reiz lag in der reinen Fortbewegung. Wieder unterwegs zu sein, brachte die Erinnerung an das schöne Gefühl zurück, mich von allem befreit zu fühlen. Als wüsste ich schon, dass ich nicht nach Los Angeles zurückkehren würde. Der Modelagent hatte mir empfohlen, nach Milano zu gehen, um mich dort Agenturen vorzustellen. Wenn ich schon in der Nähe sei. Simon hatte mich an den Flughafen gefahren und gewinkt, bis ich mich abwenden musste, um durch den Zoll zu gehen. Als ich auf der andere Seite des Horizonts aus dem Zoll kam, sah ich Lenny strahlen. Wir knallten die Hände gegeneinander. Lenny steuerte den breiten Cadillac gelassen durch die engen Straßen meiner Herkunft, und weg von Los Angeles spürte ich wieder das warme Gefühl, besonders zu sein. Das war schön und fühlte sich fast ein bisschen nach Zuhause an.

Wir hatten keinen weiten Weg. Lenny war inzwischen nach Zürich gezogen. Er übergab mir selbstlos sein Zimmer und war bereit, im Wohnzimmer auf dem Sofa zu schlafen. Seltsamerweise fand ich es schön, wieder die Sprache meiner Kindheit zu hören. Ich befand mich in einer Stadt, die nicht auf Wüste gebaut war. Ich konnte mich zu Fuß bewegen und war nicht den ganzen Tag in ein Auto eingezwängt. Die Kälte draußen tat mir gut. Sie erfrischte meine aufgeheizte Existenz. Die Hügel und Bergketten machten den Ort zu einem Nest, in das ich mich kuscheln konnte. Alles war herrlich klein. Die Wolken deckten mich wie ein Wattebausch von oben zu. Leichter Nebel verschleierte die Sicht. Ich fühlte mich behütet wie als kleines Kind im Schoß der Mutter.

Die Anforderungen schienen plötzlich weit weg, der grenzenlose Horizont, die Erwartungen und der Stress, der sich daraus ergab. Ich genoss die Ruhe, auch wenn sie nur kurz war. Ich erzählte Lenny von der Idee, mich in Milano bei Modelagenturen vorzustellen. Er wäre nicht Lenny gewesen, wären wir nicht am nächsten Tag bereits unterwegs gewesen. Durch den längsten Tunnel der Alpen, an dessen Ausgang die Palmen warteten.

In Milano schwirrten kleine Autos wie Fliegen um den großen Cadillac herum und hupten uns an, während wir gelassen und selbstbewusst eine enge Straße nach der anderen eroberten. Wir hatten die Telefonauskunft angerufen und uns fünf Adressen notiert. Wir fuhren vor die erste Agentur. Wir sahen zu, wie eine Frau durch meine Fotos blätterte. Sie klappte das Buch zu und sagte fast befehlend, dass ich gleich in Milano bleiben solle. Großzügig gab sie mir eine Stunde Zeit, bevor es losgehen sollte. Ich fühlte mich noch nicht bereit, wieder eine neue Welt zu erobern und ins nächste kalte Wasser zu springen, doch Lenny zeigte sich so begeistert, dass ich es positiv sehen wollte, jetzt halt in Milano gestrandet zu sein.

Zurück beim Auto, stellten wir fest, dass der Cadillac aufgebrochen worden war. Erstaunt waren wir nicht. Wir suchten uns ein Café in der Nähe, um nach einem starken Kaffee wieder die Hände aneinanderzuklatschen. Für Lenny ging es zurück in die vertraute Lehrerexistenz, für mich Vollgas ins Ungewisse hinein.

Die Frau in der Agentur rechnete mir in schlechtem Englisch vor, wie viel Geld ich ihr geben müsse, damit der Stein ins Rollen käme. Da waren einerseits die Druckkosten für die Modelkarte, andererseits die Miete für die Unterkunft, die man mir zur Verfügung stellte. Ich suchte in meiner Jacke nach dem Bündel Geldnoten, das mir Lenny gegeben hatte, bevor er mit seinem Cadillac aus meinem Blickfeld verschwunden war. Meine neue Agentin drückte mir einen Schlüssel in die Hand. Sie gab mir die Adresse der Wohnung, und schon war ich allein in einer Stadt, in der ich noch nie zuvor gewesen war. In einem Land, dessen Sprache ich nicht verstand.

In einem Supermarkt kaufte ich mir Toilettenartikel und am nächsten Zeitungsladen einen Stadtplan von Milano. Ich lief durch enge Gassen, quetschte mich zwischen den Autos durch, die kreuz und quer auf dem Gehweg parkten, und erschrak jedes Mal, wenn es hinter mir hupte. Als ich in die Wohnung trat, begrüßten mich irgendwelche jungen Männer. Die Unterkunft hatte zwei Schlafzimmer mit je drei Betten. Überall lagen Koffer und Klamotten.

Ich musste an alte Zeiten denken, an die ich nicht erinnert werden wollte, das Internat und die Pfadfinderlager. Ich fand ein freies Bett und begann ein Gespräch mit einem Typ, der Fotos von sich selbst anschaute. Es hieß Ray und stammte aus New York. Ob ich schon einen Agenten hätte, wollte er wissen. Als ich bejahte, schaute er mich sehnsüchtig an. Er selbst suche noch. Er zeigte mir seine Fotos, die ihn nackt mit der Hand vor dem Geschlecht zeigten. Die habe er erst neulich machen lassen, und damit sehe er große Chancen, endlich Model zu werden. Er erinnerte mich an Marc, meinen Mitbewohner in Los Angeles. Beide wollten sie unbedingt werden, was ich schon war.

Ich ging in die Küche und fragte einen Jungen, ob es hier Kaffee gebe. Ich müsse selbst welchen kaufen, aber er sei bereit, mir ausnahmsweise was von seinem Pulver abzugeben. Ich kochte Wasser und setzte mich an den Tisch, an dem sich langsam versammelte, was zuvor auf den Betten herumgelegen hatte. Plötzlich hatte jeder eine Dose Thunfisch vor sich, und als ich nachfragte, hieß es, dass Thunfisch eine Proteinbombe sei. Protein sei wichtig, um gut auszusehen. Ein Typ aus Australien fragte, welche Kosmetikprodukte ich verwende. Rasierschaum, sagte ich, und die Jungs schauten mich komisch an.

Die Agentur schickte mich als Vertreter meines Körpers quer durch Milano von Tür zu Tür. Jeden Morgen gaben sie mir eine neue Liste mit Adressen von Fotografen und Designern, denen ich mich vorzustellen hatte. Ich zahlte für zwei Fotoshootings, damit es noch mehr Fotos von mir gab. Wieder standen Castings an. Anders als in Los Angeles hieß es hier, sich in endlose Schlangen zu stellen, um endlich vor einem Tisch anzukommen, wo sich jemand kurz meine Fotos ansah. Als gäbe es hier keine Bürokratie, fragten mich weder die Agentur noch die Fotografen und Designer nach meiner Arbeitsbewilligung. Ich flog nach Napoli, um in einem kleinen Schloss für eine Show einer großen Haarproduktmarke über den Laufsteg zu gehen. Ein Brillenhersteller ließ mich mit dem Zug anfahren und einen Tag lang eine Brille nach der anderen aufsetzen.

Ich hatte mich an das Blitzlicht gewöhnt und machte brav, was mir die Fotografen sagten. Ich ließ mir die Augen nachziehen und fuhr anschließend geschminkt in der U-Bahn zurück zur Wohnung. Die Agentin bot mir einen Job nach dem anderen an und schien zufrieden. Zum ersten Mal ging ein Hauch von einem Lächeln über ihr Gesicht, als sie sagte, dass ich die Probezeit überstanden habe.

Meine Karte blieb im Regal, während andere wieder verschwanden. Wer nicht sofort Kunden an Land zog, den schickte man zurück. In der Wohnung wurden Koffer gepackt, und neue Leute zogen ein. Die Einzigen, die blieben, waren Ray und ich. Ray war noch immer auf der Suche nach einem Agenten und hatte noch genug erspartes Geld, um weiter hinauszuzögern, was unausweichlich war. Auch er würde bald zurück in die Heimat fliegen und in der Zukunft seinen Kindern erzählen, dass er es einmal fast geschafft hatte, seinen Traum zu verwirklichen. Den Traum, so schön zu sein, dass Firmen ihn bezahlten, wenn er sein Gesicht für ihre Produkte hergab.

Los Angeles war weit weg, und meine Erinnerungen daran wurden von neuen Eindrücken überschrieben. Ich dachte weder an Marc oder die Wohnung, in der meine Sachen waren, noch an Simon, der gar nicht informiert war, dass ich inzwischen als Model in Milano arbeitete.

An einem Casting kam ich mit einem Martin aus Berlin ins Gespräch. Er schien wütend zu sein. Diese Wut gefiel mir. Sie erinnerte mich daran, wie ich selbst noch vor kurzem gewesen war. Er kämpfte noch, während mir schon alles gleichgültig war. Er wurde sauer, wenn er einen Job nicht bekam. Im Gegensatz dazu war es mir inzwischen fast egal, ob ich Erfolg hatte oder nicht. Alles schien so temporär, und das Modeln war für mich nur eine Möglichkeit, die Jugend hinauszuzögern und keine Entscheidungen fällen zu müssen. Ich setzte mich mit Martin in ein Café und vernahm, dass er eigentlich als Schauspieler arbeiten wollte. Über die Tätigkeit als Model glaubte er zum Filmbusiness zu finden. Wir standen zwar nicht am selben Punkt, doch schienen wir uns ähnlich zu sein, und ich glaubte, in ihm einen potenziellen Freund gefunden zu haben. Wir trafen uns noch einmal, bevor mich die Agentin nach Paris schickte. Sie hatte mich dort an eine Agentur vermittelt. Ich war wieder unterwegs, und das gefiel mir. In Paris gab es zum Glück wenig zu tun. Man hatte mich in einem schäbigen Hotel untergebracht, aber immerhin hatte ich vier Wände nur für mich. Ich verbündete mich mit zwei Models aus Schweden. Zusammen klingelten wir an den Türen von irgendwelchen Fotografen und Designern und verbrachten viel Zeit in engen, vollen Cafés.

Nach einer Woche flog ich zurück nach Milano, um mich in der Agentur einem großen, elegant gekleideten Mann vorzustellen. Er sprach mich zu meinem Erstaunen in meiner Muttersprache an. Er hieß Köbi und führte eine der erfolgreichsten Agenturen in der Schweiz. Er zeigte sich erstaunt, dass ich noch keinen Agenten in der Heimat hatte, und bot mir an, die Funktion eines sogenannten Mutteragenten zu übernehmen. Als solcher würde er alle Fäden meiner Tätigkeiten in der Hand haben und mich weltweit an weitere Agenturen zu vermitteln versuchen. Ich fand keine Worte, so viel sprach er. Er nahm mich wie ein Kind an der Hand und führte mich in eine Bar, wo sein Redeschwall erst ein Ende fand, als die Musik verstummt war und man die Stühle auf die Tische stellte.

Zurück in der Wohnung, sah ich, dass jetzt auch der Koffer von Ray weg war. Ich war als Einziger übrig geblieben.

In der Agentur sagte man mir, dass ein Test anstand. So nannte man ein Shooting, bei dem es keinen Kunden gab. Es ging darum, dass Fotograf und Model mehr Fotos hatten. Der Fotograf hieß Lorenzo. Ich traf ihn in einem großen Innenhof. Es war ein sonniger Tag, und ich glaubte schon den Frühling riechen zu können. Wir brauchten kein Make-up, keine Stylisten, Assistenten und auch kein künstliches Licht. Die Sonne schien, und meine Haare standen in voller Länge gegen den Himmel gerichtet, als würden sie wie Pflanzen dem Licht entgegenwachsen. Wie jeden Morgen hatte mich das eine halbe Stunde Zeit gekostet.

Lorenzo und ich waren bereit, zu spielen. Das Shooting wurde zu einem Tanz. Wir jagten uns im Kreis, als wären wir übermütige Hunde. Der Soundtrack war das Klicken der Kamera. Als wäre Lorenzo gar nicht da, gab es nur sie und mich. Wie Verliebte konnten wir für keine Sekunde den Blick voneinander abwenden. Ich schenkte ihr nicht nur meinen trotzigen Blick, den jeder haben konnte, ich kniff die Augen neckisch zusammen und schürzte die Lippen. Es schien, als würden wir über allem schweben, was normalerweise so oberflächlich und banal war. Ich wurde als Model zum Künstler. Ich schoss in die Höhe und berührte die Sonne am wolkenlosen Himmel. Erfüllt und mit glänzenden Augen rauchte ich nach der Landung eine Zigarette und nahm wieder wahr, wer die Kamera geführt hatte; Lorenzo, der Fotograf. Er gab mir eine Visitenkarte und sagte: Ruf mich in zwei Tagen an.

Er lud mich zum Abendessen zu sich nach Hause ein. Ich dachte an den Redakteur in Los Angeles, der sich vor mir entblößt hatte. Aber ich wollte die Fotos sehen und war bereit, das Risiko einzugehen. Ich klingelte zur vereinbarten Zeit am richtigen Ort und wurde von einem veränderten Lorenzo empfangen. Er wirkte nicht mehr gelassen und cool, sondern weich und kindlich nervös. Ich ließ mir auf dem Sofa einen Drink servieren, während er mir ein Bild nach dem anderen reichte, als wären es unbezahlbare Kostbarkeiten. Ist es nicht unglaublich?, fragte er. Ich nickte. Auf den Fotos sah ich jemanden, der meine Gesichtszüge hatte, aber viel mehr zu sein schien. Jemanden, der meinen Helden River Phoenix in den Schatten stellte. Ich sah das Konzentrat eines Menschen, eine Wucht, ein Abbild, das zeigte, was ich sein könnte.

Lorenzo sagte, dass er noch zwei Frauen eingeladen habe. Sie waren die Chefinnen zweier erfolgreicher Agenturen gewesen und hatten gerade eine eigene Agentur gegründet, um zu vereinen, was sie an Erfahrungen und Verbindungen mitbrachten. Er wollte uns beim Abendessen verkuppeln. An diesem Abend kam alles zusammen, was mich Möwe zu einer Rakete machen würde. Ich ahnte, wie überheblich und kalt die zwei Frauen sein konnten, als ich ihr dünnes Lächeln sah. Es war wie ein Casting mit umgekehrten Rollen; nicht das Model musste sich bewerben, sondern die Agentur. Alles schien süß, nicht nur die kleine Nachspeise, die Lorenzo servierte. Die Frauen gaben mir zwei Küsschen und entließen mich mit dem Versprechen in die Nacht, dass ich am nächsten Morgen in ihrer Agentur einen Vertrag unterschreiben würde.

Die neue, exklusive Agentur versprach mir, dass ich mich unter ihrem Management nicht mehr in die Schlangen der üblichen Castings stellen müsse. Man sagte, dass ich selbst gebucht würde, wenn ich mich nicht in Milano befinde. Ich packte meine Sachen und setzte mich in den Zug Richtung Heimat, wo der Mutteragent Köbi auf mich wartete, um mich dort seinen Kunden zu präsentieren. Im langen Tunnel durch das Bergmassiv, das für mich lange ein Symbol für die Grenze zwischen der freien Welt und der Vergangenheit in Gefangenschaft gewesen war, sah ich mich im Fenster gespiegelt. Die regelmäßig in der Tunnelwand eingelassenen Lichter zogen vorbei und brachen mein Spiegelbild.

Was bis Los Angeles jahrelang meinen Kopf beherrscht hatte, schien sich aufgelöst zu haben. Was schwarz-weiß gewesen war, war jetzt grau. Die Konturen hatten sich verwischt. Die Verspannung meines alten Lebens war aus mir gewichen und ließ mich gelassen wie ein Fluss fließen, der damit einverstanden war, dass die Umgebung seine Richtung bestimmte.

Köbis Agentur war in einer Wohnung in einem Mietshaus am Rande der Stadt untergebracht, und ich fand es okay, dass in meiner Heimat alles kleiner war. Inmitten dieser mickrigen Kulisse wirkte Köbis imposante Statur fehl am Platz. Wenn er sich setzte, knallte er sofort die Füße auf den Tisch. Als ich mich bückte, um etwas aus dem Rucksack zu nehmen, sagte er: Bück dich nie vor mir, sonst kann ich für nichts garantieren. Er nannte mich geil, und wenn er mich anrief, stöhnte er in den Hörer, bevor er zur Sache kam. Ich hatte keine Angst vor ihm, denn ich spürte, dass hinter dem lauten Getue nur ein Kind steckte, das um Aufmerksamkeit buhlte.

Richtig seriös wirkten dagegen die Leute, die mich buchten. Ich ließ mich für einen Elektronikkonzern ablichten. Für einen Kontaktlinsenhersteller wurde ich in einem leeren Schwimmbecken fotografiert. Ein japanischer Uhrenhersteller wollte mein Gesicht, um seine letzte technische Errungenschaft anzupreisen. Ich flog für einige Tage ans Mittelmeer, um für einen Versandhauskatalog mit einem Dauergrinsen Kleidung an- und auszuziehen. Immer begleitet vom Klicken einer Kamera, dem Soundtrack meines neuen Lebens. Sobald ich ihn hörte, fing ich mit meiner Performance an. Ich schaute nach rechts und nach links, wandte mich ab und wieder zurück. Ich richtete den Blick nach oben und nach dem nächsten Klicken wieder zu Boden. Für eine Künstlerin legte ich mich als geschlechtsloses Alien mit durchsichtiger Unterwäsche auf einen eiskalten Betonboden. Ich bot mich mit meinen blauen Augen, den vollen Lippen und der Babynase jedem dar, der zu zahlen bereit war. Die Boulevardzeitung nannte mich den Brad Pitt der Schweiz.

Dazwischen immer wieder Köbis Stöhnen am Telefon. Oder wir trafen uns in irgendwelchen Cafés, wo er unruhig auf dem Stuhl herumrutschte. Ich mochte Köbi. Bei ihm musste ich nie etwas von mir preisgeben, weil es im Gespräch immer nur um ihn ging. Zusammen mit Lenny saßen wir im ältesten Schwulenlokal Europas und ließen uns Prosecco servieren. Wir hätten darauf anstoßen können, dass es uns erfolgreich gelang, nicht erwachsen zu werden. Oder dass uns die Revolution im eigenen Leben gelungen war. Wir schienen uns vom Üblichen abzuheben, das uns immer so einengend und bedrückend vorgekommen war.

Zurück in Lennys Wohnung, war ich endlich bereit, einen Brief an Simon zu schreiben. Ich stellte mir vor, wie er ungeduldig am Flughafen in Los Angeles stand und auf mich wartete. Aber den endlosen Sommer glaubte ich inzwischen im eigenen Leben gefunden zu haben, dazu brauchte ich Los Angeles nicht mehr. Hollywood war mir nicht groß genug, ich brauchte die ganze Welt, um mich frei zu fühlen. Im Brief bat ich Simon, den Jeep zu verkaufen und mein Zeugs aus der Wohnung zu holen. An den Schluss des Schreibens setzte ich die Daten meines Bankkontos. Bis bald, schrieb ich, obwohl ich ahnte, dass ich ihn nie wiedersehen würde.

Laute Discomusik dröhnte uns entgegen, als Lenny und ich die enge Treppe hinaufstiegen. Lenny trug sein Skater-Outfit, wie immer in der Hoffnung, dass er so jünger aussah. Wir traten in einen dunklen Raum, wo unsere Gesichter von sich bewegenden farbigen Lichtern getroffen wurden. Wir suchten einen Weg durch die tanzenden Männer, um uns an der Bar einen Drink zu bestellen und das Angebot anzusehen. Wir waren nicht weniger als eine Falle. Meine Aufgabe war es, junge Typen anzuziehen. Lenny war es, der sie fressen wollte. Er hatte seine Rolle schon oft gespielt und perfektioniert.

Tauchte ein Junge auf, riss es ihn vom Stuhl. Der kleine ältere Mann in jugendlichen Klamotten begann sich in Sekundenschnelle wie ein übermütiger Teenager aufzuführen. Er bestellte dem Neuen einen Drink und begann ihn mit übermäßiger Fröhlichkeit und Komplimenten einzuwickeln. Ich schlürfte an meinem Cocktail und schaute wenig beeindruckt der sich wiederholenden Darbietung zu.

Bis ein Junge kam, bei dem Lennys Masche nicht zu funktionieren schien. Er stellte sich als Jonas vor und ließ sich fordernd ein Getränk nach dem anderen servieren. Er zeigte Lenny die kalte Schulter, während die großen Augen in seinem kleinen Gesicht nicht von mir zu weichen schienen. Als wir tanzen gingen, ließen wir Lenny verloren in seinem Jagdrevier an der Bar zurück. Er musste sich damit zufriedengeben, bezahlen zu dürfen, was wir konsumierten. Aber er sah noch eine Möglichkeit in der Rolle des Chauffeurs.

Es war schon hell, als wir im Cadillac über Schotterstraßen fuhren. Es hatte sich herausgestellt, dass Jonas ein Bauernjunge war, der weit draußen auf dem Land wohnte. Als wir den Bauernhof erreichten und Jonas ausstieg, schienen wir am Ende der Zivilisation angekommen, an der Grenze zu einer Welt, die mir total unbekannt war.

Am folgenden Samstagabend fand Jonas wieder den Weg zu uns an die Bar. Abermals gingen wir tanzen und ließen Lenny bezahlen. Dieses Mal betraten wir Lennys Wohnung zu dritt. Ich sah mich als Beobachter, und die Motive der anderen waren mir egal. Ich sagte Gute Nacht, schloss die Zimmertür und ließ die beiden im Wohnzimmer zurück. Ich konnte nicht ahnen, wozu Jonas bereit war, nur um in meiner Nähe zu sein. Als ich meinen Rausch ausgeschlafen hatte, fand ich die beiden ernüchtert und wortkarg auf dem Sofa sitzend. Ich wäre aber nicht ich gewesen, hätte ich mir dazu etwas gedacht.

Es war Frühling, und Köbi meinte, dass ich für die Shows zurück nach Milano gehen sollte. Zweimal jährlich präsentierten dort die Designer auf dem Laufsteg ihre neue Kollektionen. Mach dir keine große Hoffnung, sagte er. Ich sei mit meinen einen Meter achtzig für ein Model ziemlich klein. Auf dem Laufsteg seien besonders große Männer gefragt. Ich packte meine Tasche und ließ mich von Lenny zum Flughafen fahren. Nach dem kurzen Flug sah ich, dass ich nicht der Einzige war, der in diesen Tagen nach Milano gepilgert war. Die Stadt war ein Ort, an dem alles zusammenkam, was die Welt an schönen Männern hergab. Die Straßen waren wie riesige Laufstege, auf denen Massen von jungen, großen Männern selbstbewusst, herausgeputzt und aufwendig frisiert ihr Bestes gaben. In der U-Bahn stand ich als Kleinster zwischen hochgewachsenen Schönheiten. Ich erwartete nichts von der anstehenden Woche, so wie es mir Köbi empfohlen hatte.

In der Agentur der beiden Frauen setzte ich mich, wie von der Empfangsdame geheißen, zwischen bereits wartende Models auf den letzten Stuhl, der noch frei war. Wir warteten alle auf den gleichen Zug, im Bewusstsein, dass es darin nur für wenige von uns Platz hatte. Wir saßen wie Patienten in einer Arztpraxis und warteten demütig darauf, aufgerufen zu werden. Ich war als Letzter gekommen und kam als Erster dran. Ich spürte die Blicke in meinem Rücken, als ich zur Tür ging und dahinter verschwand. Die beiden Agentinnen sprangen auf und umarmten mich. Haben wir es dir nicht versprochen, sagte die eine. Du musstest zu keinem einzigen Casting gehen, ergänzte die andere. Ich verstand nicht, bis die Frauen es mir erklärten. Du bist für all die großen Shows gebucht. Aber, fragte ich, bin ich nicht zu klein?

Ich saß ganz allein in einem Wagen auf einer Achterbahn. Genau an dem Punkt, wo der Wagen nach vorn kippt und es mit zunehmender Geschwindigkeit nach unten geht, ohne Bremsen und ohne Kontrolle. Die Aufregung der Frauen war zu laut für mich, ich verstand sie nicht. Sie gaben mir eine Liste mit Terminen und Adressen. Ich stieg wieder in die U-Bahn und fühlte mich plötzlich größer als alle anderen. Ich fuhr zu einem Hotel, in dem ein Bett für mich reserviert war. Es war ein riesiger Kasten. In der Eingangshalle standen Models in einer langen Reihe an der Rezeption an. Ich hatte mich gerade auf meine Tasche gesetzt, als ich meinen Namen hörte. Es war Martin, der Junge aus Berlin. Er war wütend, weil er im Hotel kein Bett gekriegt hatte. Offenbar kam er jeden Tag her, um nachzufragen. Da war sie wieder, die alte Version von mir, der Kämpfer, der Auserwählte, der am Rande steht.

Nachdem man mir einen Schlüssel ausgehändigt hatte, ging ich aufs Zimmer und legte meine Tasche neben das freie Bett. Es gab noch zwei andere Betten, die bereits belegt schienen. Martin war mir gefolgt und setzte sich auf den kleinen Stuhl neben meinem Bett. Er hatte sich beruhigt und schien für einen Moment mit der Zuschauerrolle zufrieden zu sein. Er erzählte, dass er seit einer Woche in Milano sei, um in den Schlangen der Castings anzustehen. Leider habe ihn kein einziger Designer gebucht. Er zwang mich, zu erzählen, wie es bei mir sei. Ich ratterte die Liste von großen Namen herunter, für die ich in den nächsten Tagen im Scheinwerferlicht stehen würde. Martin begann, mir von seinem Leben zu erzählen. Er sprach von seinem Partner, einem älteren Mann. Er sagte, dass es ihm wichtig sei, treu zu sein, aber bei mir könne er das nicht – ob ich seinen Schwanz anfassen wolle. Er müsse mich aber warnen, er sei ziemlich klein. Ich konnte Martin nicht geben, was er so dringend zu brauchen schien. Dafür lud ich ihn ins nächste Lokal zu einer Pizza ein.

In der Nacht musste ich die Decke über den Kopf ziehen, weil es im Zimmer Stechmücken gab. Ich wollte mir nicht das Gesicht zerstechen lassen. Es war zurzeit so wertvoll wie noch nie. Ich begann unter der warmen Decke zu schwitzen und brauchte lange, um einen Zustand zu erreichen, in dem Schlaf möglich war. Nach viel zu kurzer Zeit klingelte der Reisewecker. Ich beeilte mich, mit Gel und Spray die Haare aufzurichten, und fuhr nach einem kurzen Kaffee zur Agentur, wo man mich sofort Köbi anrufen hieß. Er stöhnte nicht wie üblich, er schrie vor Begeisterung. Er sagte immer wieder meinen Namen und verkündete, dass sich die zwei berühmtesten Designer um Exklusivrechte für die Shows um mich stritten. Das würde mehr Geld bedeuten, dafür dürfe ich nur eine Show laufen. Geld war mir egal. Ich musste nicht nachdenken und entschied sofort: Ich will keine Exklusivität, ich will möglichst oft im Scheinwerferlicht stehen.

Als Erstes musste ich zu den sogenannten Fittings gehen. So nennt man die Termine, bei denen die Kleidung den Models angepasst wird. Ich war tatsächlich der Kleinste unter den Auserwählten. Meine Outfits mussten gekürzt und enger gemacht werden. Ich stand in einem Palast nach dem anderen als exklusive Kleiderpuppe und trug die Mode der Zukunft, an der wegen meiner Größe noch herumgeschnitten werden musste.

Ich trug ihre neuste Schöpfung, und die Designer schüttelten mir die Hand. Ich wurde als Träger der exklusiven Stoffe Teil der

Kreation. Die Stimmung war vertraulich. Man klopfte mir auf die Schulter und lud mich in geheime Räume ein. Als ich mich zu fragen getraute, was ich auf dem Laufsteg machen sollte, gab es kaum eine Antwort. Es hieß: Lauf schnell und bleib vorn bei den Fotografen kurz stehen.

In der Hotellobby wartete Köbi auf mich. Er war nach unserem Telefongespräch sofort nach Milano gereist, um zuzusehen, wie ich als Rakete abging. An seiner Seite war eine Frau, die in der Heimat für die Boulevardzeitung über mich berichten sollte. Ich war an einem Punkt, an dem jeder in mir seine eigene Kreation zu sehen begann. Als solche wurde ich hofiert und eifersüchtig gehütet. Köbi fungierte als mein Bodyguard. Ich hatte keine Zeit, zu den geheimen Partys und exklusiven Events zu gehen, zu denen ich eingeladen war. In der Agentur sagte man mir, dass ich der Newcomer des Jahres sei. Mein Ego wurde von allen Seiten aufgepumpt, bis ich den Kontakt zum Boden verlor und abhob.

Ich betrat den Laufsteg, als würde ich mich der Welt schenken. Die Kulisse war schlicht und einfach, die große Show war ich. Ich strahlte wie der endlose Sommer. Ich schritt stolz, selbstbewusst erhöht und von Tausenden von Augen verfolgt durch die Menge, die unter mir wie ein Meer an den Steg wogte. Ich war nicht mehr von dieser Welt. Als wäre ich etwas Göttliches, spürte ich die Wucht in mir, die bereit war, es mit der ganzen Welt auf einmal aufzunehmen. Meine Augen waren Lampen, die wie Scheinwerfer in die letzte Ecke der Dunkelheit dringen wollten. Mein Mund war leicht geöffnet, bereit für den ultimativen Kuss. Erregung wallte durch mich hindurch und aus mir heraus, als ich mit schnellem Schritt dem Ende des Laufstegs mit den Fotografen entgegenging. Aufgeladen mit Selbstbewusstsein, war ich bereit, es mit ihnen aufzunehmen. Innerlich brüllend, stellte ich mich vor sie hin und ließ mich von ihrem Blitzlicht beschießen.

Die Blitze prallten an mir ab, und ich spürte, dass ich in dem Moment unzerstörbar war. Ich vibrierte, so sehr durchflutete mich eine mir bisher unbekannte Energie. Ich befand mich so weit über der Welt, dass ich nicht mehr erreichbar war.

Nach der Show tauchte die Journalistin aus der Heimat im Backstage-Raum auf. Irgendwie hatte sie es geschafft, die Wachen zu umgehen und in den Palast einzudringen. Sie wagte es, an den Designer heranzutreten, um ihn zu fragen, wieso er mich gebucht habe. Weil er speziell ist, antwortete dieser und wandte sich von ihr ab.

In der Hotellobby wartete Martin auf mich, als ich, begleitet von Köbi, zurückkam. Er sprang auf, um mich wie den Papst um eine Audienz zu bitten. Ich setzte mich gegen Köbi durch, der sagte, dass es dafür keine Zeit gebe. Ich war bereit, Martin abends in einer Bar zu treffen. Ich fühlte mich schuldig, weil wir zusammen auf der gleichen Straße gelaufen waren, als mich das Licht erfasst hatte. Mein Aufstieg ließ ihn noch deutlicher in der Dunkelheit stehen. Ich setzte mich ihm gegenüber, als die Verpflichtungen meines langen Tages ein Ende gefunden hatten. Die Bar war voll und so laut, dass Martins Stimme im Lärm unterging. Ich musste immer wieder nachfragen, bis ich verstand, was er sagte. Er sprach über Belanglosigkeiten, nur um nicht von dem zu reden, was ihm wichtig war. Seine Augen füllten sich mit Tränen, und er fing laut zu schluchzen an. Anstatt zu fragen, was los war, flüchtete mein Blick in den Raum. Die Szene war mir peinlich, und ich wollte sehen, ob jemand sie mitbekam.

Ich zog die Decke über den Kopf und wachte nass geschwitzt auf, um in den Tag zu fallen und den nächsten Marathon anzugehen. Zwei Designer fotografierten ihre Kollektionen mit mir. Wie auf Knopfdruck verwandelte ich mich vom Unscheinbaren in den

Gott, als den man mich bezahlte. Die Fotografen mussten nichts sagen, ich wurde zur selbst agierenden Vorlage, die sie glücklich machte und nach dem Shooting nach meiner Hand greifen ließ, damit sie sich bedanken konnten.

Als wäre das nur ein nettes Vorspiel gewesen, das mir wie der starke Kaffee am Morgen Energie für mehr geben sollte, lief ich eiligen Schrittes zum schönsten Palast der Stadt. Hier fand am Nachmittag der Höhepunkt der Woche statt. Es war die Show des berühmtesten aller Designer. Ein Feuerwerk in der größten Halle der Stadt. Wer diesen Laufsteg betreten durfte, war ein Star.

Die drei Muskelpakete am Eingang ließen mich eintreten, nachdem ich mich ausgewiesen hatte. Hinter der richtigen Tür wurde ich persönlich vom König empfangen. Ich bediente mich am reichhaltigen Buffet und setzte mich auf den Stuhl vor einem riesigen Spiegel, um mich frisieren zu lassen. Der Designer selbst erklärte mir die Idee: Wir möchten dir gern die Haare ganz kurz schneiden, damit dein Gesicht mehr zur Geltung kommt. Ich sah neben mir die berühmtesten aller Models die Haare verlieren und hielt es für unmöglich, als der kleine Neue aufzubegehren. Meine Haare fielen, und ich sah mich im Spiegel Schnitt um Schnitt kantiger werden. Damit wir die berühmte Unterwäsche des Designers präsentieren konnten, die hinten durchsichtig war, drückte man uns Rasierer in die Hand und schickte uns auf die Toilette. An der Tür hatten sich zwei Wachmänner positioniert, während wir uns drinnen in den Kabinen den Hintern rasierten.

Ich war nicht mehr zu halten und stürmte auf den Laufsteg, wo mich ein einzelner starker Scheinwerfer erfasste. Die gigantische Halle lag im Dunkeln, und es war wirklich nötig, zu schweben, um nicht vom Laufsteg zu fallen, der vor mir in absoluter Dunkelheit lag. Die Musik pumpte ihren Bass durch meine Glieder, und ich schritt über die Bretter, als gäbe es kein Vorher und kein Danach, kein Gestern und kein Morgen. Aggressives Blitzlichtgewitter zeigte mir, wo der Laufsteg zu Ende war. Beim nächsten Auftritt trug ich ein kleines Stück pinkfarbenen Stoff, das meine Scham nur knapp bedeckte. Nackt, aber unantastbar schmiss ich mich der Meute entgegen und brüllte wie ein wild gewordener Tiger. Ich flog den lauernden Fotografen entgegen, um ihnen ein paar Sekunden zu schenken, bevor ich mich wieder davonmachte, zu kostbar und frei, um eingefangen zu werden. Auf dem Weg zurück sah ich mich als Projektion auf einem gigantischen Bildschirm durch die Dunkelheit fliegen, bis ich wieder im Loch verschwand, hinter dem der Designer wartete, um mir einen Kuss zu geben.

Als ich aus dem Gebäude trat, sah ich draußen Köbi und die Journalistin warten. Der Palast hatte mich mit hochfliegenden Haaren aufgenommen und mit Millimeterschnitt wieder freigegeben. Köbi warf die Arme in die Luft: Was haben sie nur mit dir gemacht? Jetzt sah ich nicht mehr aus wie auf den Fotos. Er sagte, dass man sie nicht reingelassen habe. Das schien Köbi verdauen zu können, während die Journalistin tobte. Wir stiegen zu dritt in ein Taxi, um zu meiner nächsten Show zu fahren. Auch hier wurden die beiden abgewiesen. Ich hörte die Frau fluchen. Nur mir als Adler war es erlaubt, weiterzufliegen.

Am Abend erreichte ich erschöpft das Hotel, wo schon eine Limousine auf mich warten sollte, um mich zum Empfang einer Modezeitschrift zu fahren. Dort sollte das versprochene exklusive Interview mit der Journalistin stattfinden. Ich setzte mich in die Lobby, um auf den Fahrer zu warten und mich von den vorbeigehenden Models anglotzen zu lassen. Längst hatte sich herumgesprochen, dass ich der Glückliche war, der dieses Jahr auf dem Thron sitzen durfte.

Die Limousine tauchte nicht auf, und ich war froh, einfach nur sitzen zu dürfen und die Eindrücke des Tages in meinem Kopf herumwirbeln zu lassen. Bis draußen Bremsen quietschten, Köbi hereinstürmte und mich hinaus zu einem Taxi führte. Es warten alle auf dich, sagte er, als der Fahrer Gas gab und uns für extra Geld besonders schnell und aggressiv hupend durch die Straßen fuhr. Wir schritten eilig durch eine Halle mit herausgeputzten Menschen, die Gläser mit Champagner hielten.

Auf einem Sofa saßen die Journalistin und ein Mann mit einer Fotokamera. Sie wirkte wie ein kleines Kind, das nicht sofort bekommen hatte, wonach es verlangt hatte. Sie sagte nur ein Wort: Endlich. Ich sah Köbi an und wusste, dass das ein Wort zu viel gewesen war. Sein massiger Körper richtete sich kerzengerade auf, und er machte die Frau laut und mit heftigen Worten vor allen Anwesenden zur Sau. Sie stürmte hinaus und erlöste mich von der Aufgabe, in Milano ein Interview geben zu müssen. Köbi und ich flüchteten aus dem Saal mit all den wahrscheinlich wichtigen Menschen, um in der nächsten Bar friedlich zu zweit ein Bier zu trinken.

Tags darauf fuhr Köbi zum Flughafen, während ich über den nächsten Laufsteg marschierte. Noch zwei Shows, sagte ich mir. Der Adler ging voll gefressen in die Luft, um träge seine Runde zu drehen. Kaum oben, peitschte ihn mein Ehrgeiz. Es blieb ihm nichts anderes übrig, als sich wieder auf die Zuschauer und die Fotografen zu stürzen, damit ich mit mir selbst zufrieden war. Ein Meer von Augen folgte jeder meiner Bewegungen.

Zurück in der Agentur, hieß man mich sofort Köbi anrufen. Er rief in der Heimat so laut meinen Namen in den Hörer, dass ich in Milano aufschreckte und alle im Raum den Kopf zu mir drehten. Dein Erfolg hat sich schon herumgesprochen, sagte Köbi. Er sagte, dass jetzt in New York die zwei berühmtesten

Agenturen um mich warben. Sie würden mich anrufen. Anschließend solle ich mich wieder bei ihm melden, um meine Entscheidung mitzuteilen. Ich legte den Hörer auf und ließ mir von einer Agentin einen Stuhl geben. Als es klingelte und man mir den Hörer in die Hand drückte, war ich in Gedanken schon bereit, weiterzufliegen. Wieder über den Atlantik, zurück nach Amerika. Wir geben dir eine Wohnung mit Swimmingpool, bot mir die erste Agentur an. Bei uns sind die berühmtesten Models, sagte die andere.

Ich entschied mich für die zweite Agentur, sie repräsentierte nur zehn Männer. Es waren die erfolgreichsten Gesichter mit den bekanntesten Namen. Ich hatte erreicht, was unmöglich schien. Das kleinste Model in der Stadt hatte es innerhalb einer Woche geschafft, an die wichtigste Wand in New York gehängt zu werden. Gute Wahl, sagte Köbi.

Als ich zurück auf die Straße trat, schien die Welt besonders laut. Die Autos hupten, und ein Motorrad knatterte gefährlich nahe an mir vorbei. Hinter mir schrie jemand, vor mir rannte eine Gruppe Jugendlicher auf mich zu. Ich stoppte das nächste freie Taxi und machte mich davon.

Die Lichter blendeten mich, und der Bass schlug mir in den Magen. Ich stand in einem schicken Klub inmitten der wichtigsten Party der Woche. Um mich herum nur schöne Menschen und berühmte Gesichter. Ich ließ mir die Hand schütteln und griff nach dem Champagner, der herumgereicht wurde. Bis es nach Rauch zu stinken begann und jemand schrie: Es brennt! Alles, was sich gerade noch so selbstbewusst präsentiert hatte, drängte verschreckt zum Ausgang. Die Leute stießen einander weg, die Größeren drückten die Kleineren zur Seite. Wir rannten an der brennenden Garderobe vorbei, wo teurer Pelz und schicke Mäntel in Flammen standen. Draußen zündete ich mir eine Zigarette an und betrachtete die herausströmenden Menschen. Sirenen kamen näher. Es war meine letzte Nacht in Milano. Im Hotel packte ich meine Tasche und fuhr am frühen Morgen zum Flughafen, wo ich kurz in der Wartehalle verschnaufte, bevor mein Flug nach Paris aufgerufen wurde.

zu nah an der sonne

In der Agentur in Paris ließ man mich warten. Mein Ego fand keinen Platz auf dem kleinen harten Stuhl zwischen all den Models, die einander musterten oder an die Wände starrten. Hier standen die Shows der Designer an, die ihre Kollektion nicht in Milano gezeigt hatten. Als ich endlich aufgerufen wurde, fragte mich die Agentin, wer ich sei. Ich stand als Adler vor ihr, und sie war so blind, dass sie den König der Lüfte nicht erkannte. Als hätte es die letzte Woche nicht gegeben, war ich für sie wahrscheinlich ein Typ, der zu klein war, um je einen Laufsteg entlangzugehen.

Beleidigt fuhr ich mit dem Taxi zu einer anderen Agentur. Dort wurde ich erkannt, standesgemäß empfangen, und der Besitzer bemühte sich persönlich darum, die Designer zu benachrichtigen, dass ich in der Stadt sei. Während ich in der Küche einen Kaffee trank, gelang es ihm, dass mich zwei bekannte Designer für ihre Shows buchten. Hätten wir das nur vorher gewusst, entschuldigte er sich. Ich war froh, dass es nicht mehr Shows waren, denn ich war müde und mehr als zufrieden, mich im Hotel im Rotlichtbezirk ins Bett legen und ausschlafen zu können.

Ich fand Zeit, auf eine der Partys zu gehen, wo mich ein älterer Mann zu sich rufen ließ. Ich erfuhr, dass er reich und berühmt war. Der Mann sorgte dafür, dass ich die nächsten Tage eine

Limousine hatte, mit der ich herumchauffiert wurde. Am Abend wurde ich zu einem Restaurant gebracht, das bereits brechend voll war. Ich wartete an der Bar, und als der Mann eintrat, machte man sofort den besten Tisch frei, indem die Leute weggeschickt wurden, die dort noch am Essen waren. In der Begleitung des Mannes war ein Araber, der mir ein großes Haus und Diamanten versprach, wenn ich nächste Woche mit ihm sein Flugzeug bestieg.

Ich gewöhnte mich schnell an den Luxus und trank den teuren Champagner, als hätte ich nie etwas anderes getrunken. Abends ließ ich mich von der Limousine zurück zum Hotel fahren, ohne je die Grenze zu überschreiten und mich berühren zu lassen. Seit ich erfolgreich war, hatte ich mehr Ansprüche und größeren Hunger. Ich schritt über den Laufsteg durch das Meer, als könnte ich auf Wasser gehen. Was vor einer Woche noch so speziell gewesen war, wurde schon zur Routine. Das Blitzlichtgewitter der Fotografen erreichte kaum noch meine Aufmerksamkeit, so normal erschien mir schon mein neues Leben.

Um dem Trott vorzubeugen, verschwand ich nach der zweiten Show durch den Hinterausgang und ließ die Limousine vorn stehen. Ich fand kein freies Taxi, lief durch die riesige Stadt und fühlte mich verloren. Irgendwo verschluckte mich ein Eingang zur Metro. Die Leute sahen tot aus, wie sie aneinandergepresst in der Bahn saßen. Ihre Köpfe baumelten widerstandslos hin und her, wenn die Bahn Gas gab, um kurz darauf wieder abzubremsen.

Ich nahm meine Tasche. Dieses Mal fühlte ich mich nicht nur als der Auserwählte, ich war der Auserwählte. Für die meisten Models war die Reise in Paris zu Ende, nur für eine erlesene Auswahl ging es weiter. Über den Atlantik. Es war ein Privileg, fliegen zu dürfen, bis die Flügel erlahmten und man es entweder schaffte zu gleiten oder wie ein Stein vom Himmel fiel.

Als ich in New York aus der Zollkontrolle kam, sah ich einen alten Mann ein Schild mit meinem Namen hochhalten. Er wollte meine Tasche nehmen, und als ich sie ihm nicht aushändigen wollte, sagte er: Bitte, ich werde dafür bezahlt. Er keuchte mit müdem Schritt vor mir her durch die Halle zum Ausgang, vor dem eine dunkle Limousine stand. Ich ließ mich auf den weichen Ledersitz fallen, und als sich die Welt außerhalb der dunklen Scheiben zu bewegen begann, fragte ich den Fahrer, ob ich rauchen dürfe. Er bejahte, und ich kurbelte das Fenster herunter. So ließ ich mich nach Manhattan fahren, wo wir durch die schmalen Schluchten zwischen den hohen Gebäuden glitten, bis die Fahrt zu Ende war und mir jemand die Tür öffnete. Ich betrat den Teppich vor einem schicken Hausgiganten an der Park Avenue. Was fehlte, war eine Blaskapelle, die meinen Weg zum Haus musikalisch begleitete.

Man wartet bereits auf Sie, sagte im Erdgeschoss der Mann hinter dem Empfangstresen. Ich betrat den Aufzug. Rasend schnell gelangte ich ins siebte Stockwerk. Die Tür öffnete sich, und ein kleiner dicker Mann sprang mich an. Er stellte sich als mein persönlicher Agent vor, ließ mich einige Hände schütteln und führte mich in einen Raum, wo wir auf einem riesigen Ledersofa Platz nahmen. Bis der Kaffee kam, hatte mir der Mann schon stolz verraten, dass ich für alle wichtigen Shows in New York gebucht war. Ich hoffe, dass du mit der Unterkunft zufrieden bist, sagte er, als er mir einen Schlüssel gab. Sie war direkt um die Ecke, in einem hohen Haus zwischen hohen Häusern, von einem Mann in Uniform bewacht.

Ich schloss das Apartment im achten Stockwerk auf und fand den Weg ins Schlafzimmer, wo ich meine Tasche neben eines der drei Betten legte. Ich setzte mich im Wohnzimmer auf das Sofa, um der Müdigkeit nachzugeben und zu dösen, bis ein anderes

Model die Wohnung betrat, mir heftig die Hand drückte und sagte, dass wir am Abend von der Agentur zum Essen ausgeführt würden.

Bereits am nächsten Tag sollte ich die Designer treffen, die mich gebucht hatten. Ich verzichtete auf die Limousine, nachdem mir das Model, mit dem ich die Wohnung teilte, gesagt hatte, dass deren Kosten von meinen Einkünften abgezogen würden. Ich setzte mich mit einem Plan von Manhattan in die U-Bahn zwischen einen Geschäftsmann und einen Obdachlosen. Das Licht flackerte, und als die Bahn mitten im Tunnel stehen blieb, spürte ich Gefahr. Die Gesichter versanken in der Dunkelheit und blitzten im grellen Neonlicht wieder auf. Ich verpasste die richtige Station und konnte erst wieder in der Bronx aussteigen, dem gefährlichsten Stadtteil New Yorks, wie es hieß. Es war kein guter Tag.

Ich hetzte von einer Adresse zur anderen und wischte mir die feuchte Hand an der Hose ab, bevor ich sie den Designern gab. In Milano und Paris war ich hinter den Türen jeweils in ein lautes Wirrwarr eingetaucht, in ein fröhliches, buntes Treiben. Hier wirkte alles nüchtern und geschäftlich, als ginge es um einen Versicherungsvertrag oder die Eröffnung eines Bankkontos. Die Kleidung, die ich tragen sollte, war erstaunlich gewöhnlich. Nach dem letzten Treffen suchte ich frische Luft und ging zu Fuß in die Richtung, in der sich laut Plan das Apartment befand, wo ich untergebracht war. Wenn ich vor einem Schaufenster stehen bleiben wollte, riss mich die Menschenmasse weiter. Als ich merkte, dass der Weg doch zu weit zum Gehen war, winkte ich ein Taxi heran, saß auf dem klebrigen Sitz in der gelben Karre, eingeschlossen zwischen sich nicht bewegenden Autos. Der Fahrer hupte gegen die Lawine Blech an, die sich nur schwerfällig und wie in Zeitlupe durch die Straßenschluchten bewegte. Die Häuser waren so hoch, dass sie den Himmel schluckten. Es kam mir vor, als würde der Beton wachsen und mich von allen Seiten umschließen, um zu meinem Grab zu werden.

Am Morgen betrachtete ich mich im Aufzug des schicken Hausgiganten an der Park Avenue im Spiegel. Ich hatte das Gefühl, dass mein Gesicht eingefallen wirkte. Vielleicht war es aber auch nur das künstliche Licht. Die Tür im siebten Stockwerk ging mit einem Klingeln auf. Eine Frau lächelte mich an und begleitete mich zum Zimmer mit dem riesigen Ledersofa. Mein Agent brachte persönlich den Kaffee und setzte sich neben mich. Es tut mir leid, sagte er. New York sei eben nicht Milano oder Paris. Die Kunden seien in Amerika etwas konservativ. Nach einem langen Intro kam er zum Punkt: Die Designer hatten alle ihr Angebot zurückgezogen. Es ist deine Frisur, erklärte er. Mit so kurzen Haaren sehe man hier einen Nazi in mir. Ich starrte den dicken kleinen Mann an. Mach dir keine Sorgen, sagte er. Es spielt keine Rolle. Die Designer mögen dich, versprach er. Der Sommer steht vor der Tür, und das Business ruht. Du kannst dich in Europa erholen. Lass dir die Haare wachsen und komm nach der Sommerpause nach New York zurück.

Ich griff nach der Porzellantasse und nahm einen großen Schluck vom frisch aufgebrühten Kaffee, bevor ich ging. Ich quetschte mich in ein volles Café und ließ die Hektik um mich herum verschwinden, indem ich mir Kopfhörer aufsetzte und für die Welt nicht mehr erreichbar war.

Der Agent hatte mir beim Abschied vor der Fahrstuhltür eine große Karriere vorausgesagt. Er erwartete etwas, das nicht zu meinen Stärken gehörte: Geduld. So, wie ich jetzt war, mit den zu kurzen Haaren, konnte man mich dem amerikanischen Publikum offenbar nicht zumuten. Ich war nicht wütend. Es war mir sogar recht, dass ich den Adler diese Woche nicht fliegen lassen musste. Es war für mich nicht mehr aufregend, über einen Laufsteg zu marschieren und mich dem Blitzlicht der Wölfe auszusetzen. Der Reiz, zu reizen, war weg. Der Kick, den ich anfangs dabei empfunden hatte, war in der Wiederholung immer schwächer geworden.

Ich schlich an den Hauswänden entlang, bis mich das Ungetüm verschluckte, in dem sich meine Bleibe befand. Mir war, als sei ich auf einer Insel gestrandet, auf der es viele Projektionen, aber kein echtes Leben gab. Ich stand auf dem Balkon, und mein Blick prallte überall an Beton ab. Ich sah hoch und entdeckte einen schmalen Streifen blauen Himmel. Ein Notausgang.

Es war schon dunkel, als ich mich zu der Bar fahren ließ, in der ich eine Frau aus Deutschland treffen sollte. Sie saß bereits an einem Tisch, und die Flamme der Kerze spiegelte sich in ihrer Brille. Sie erzählte, dass sie die erfolgreichste Agentur in Deutschland führe und dass es ihr eine Ehre wäre, mich dort repräsentieren zu dürfen. Sie schob unsere Drinks zur Seite, damit ich einen Vertrag unterschreiben konnte. Als wir aufbrachen, fragte sie: In welche Richtung musst du? Ich sagte es ihr, und weil sie in dieselbe Richtung wollte, nahmen wir zusammen ein Taxi. Wir tauchten in den Strom, der wie ein Blutkreislauf ohne Unterbruch durch die Straßenschluchten floss. Der Fahrer riss das Steuer nach links, um etwas auszuweichen, das auf der Straße lag. Ich sah, dass es ein Mann war, ausgestreckt und bewegungslos zwischen den ihn umfahrenden Autos. Wer hat das getan?, rief der Fahrer und fuhr weiter. Niemand hielt an, um zu schauen, was mit dem Mann los war. Niemand hatte Zeit, um zu helfen. So war das also, wenn hier jemand am Boden lag.

Ich wusste, dass meine Reise an einen Ort geführt hatte, der für das Ende vieler Reisen stand. Hier fand aus aller Welt zusammen, was erfolgreich und jeden Tag zu kämpfen bereit war, um nicht in den Wellen der hohen Anforderungen unterzugehen. Für mich gab es keinen Grund mehr, gegen und für etwas zu sein. Hinter meiner offenbar interessanten Fassade hatte sich Leere ausgebreitet. Die Zeit des Aufbegehrens war vorbei. Ich meinte, dass ich inzwischen frei genug war. So frei, dass ich nach Lust und Laune gehen konnte, wenn mir ein Zustand oder eine Situation nicht mehr gefiel.

Ich setzte mich auf den engen Flugzeugsitz, schnallte mich an und überließ den Piloten die Kontrolle über mich, bis das Flugzeug in der Heimat landete. Lenny holte mich ab. Ich setzte mich im Cadillac nach vorn, denn das Ganze war kein Spiel mehr. Lenny war nicht mehr der Chauffeur aus der Vergangenheit, sondern eine Figur, die es für mich neu zu definieren galt.

In der Wohnung packte ich meine Tasche aus und fand ein kleines Stück Papier mit der Telefonnummer von Martin, dem Model aus Berlin. Ich erinnerte mich an seine Tränen in der Bar in Milano und beschloss, ihn anzurufen. Er erzählte, dass es mit dem Modeln nicht geklappt habe und er jetzt an Castings für kleine Rollen fürs Fernsehen und Kino gehe. Ich sagte, dass ich für die Sommerpause wieder zurück in der Heimat sei. Er fragte: Hast du Lust, für ein paar Tage nach Berlin zu kommen? Ich gab die Frage an Lenny weiter, und zusammen beschlossen wir, nach Berlin zu fahren, sobald die Schulferien begannen und Lenny als Lehrer freihatte. Wir planten wieder eine gemeinsame Reise, wenn auch nicht so weit weg wie vor einem Jahr, als wir voller Tatendrang nach Los Angeles aufgebrochen waren.

Während Lenny arbeitete, hatte ich Zeit, nichts zu tun. Ich schlief aus, streifte durch die Stadt und setzte mich in ein Café. Immer dabei war ein Notizbuch. Ich schlug es auf, ohne zu wissen, was ich hineinschreiben sollte. Die weißen Seiten wirkten so perfekt und beruhigend, dass ich sie nicht beschmutzen wollte.

Das Telefon klingelte. Es war Köbi, der mich in die Agentur bat. Als ich sie betrat, stellte er mir eine Frau und einen Mann vor. Er sagte, dass sie für den lokalen Fernsehsender arbeiteten. Ich sei doch sicher bereit, ihnen ein kurzes Interview zu geben. Mir blieb keine Zeit, etwas dagegen einzuwenden, denn die Frau begann sofort, mir Fragen zu stellen. Sie erklärte, dass wir das Interview übten, bevor der Mann es mit der Kamera aufzeichnen werde. Meine ehrlichen Antworten schienen ihr nicht zu gefallen. Sie sagte, die Zuschauer wollten hören, wie glamourös mein Leben sei. Also sollte ich die überfüllten Wohnungen für Models und die kleinen Hotelzimmer nicht erwähnen. Ich erzählte ihr von der Limousine in New York. Das fand sie gut und ließ es mich vor der Kamera wiederholen.

In der Folge wollte ich in der Heimat nie mehr ein Interview geben und sagte Nein, als mich Köbi fragte, ob ich bereit sei, Fotografen in die Wohnung zu lassen für eine Homestory in der nationalen Illustrierten. Ich saß lieber im Café und starrte gedankenverloren aus dem Fenster, nur gestört von Köbis regelmäßigen Anrufen. Er hatte jede Menge Jobs für mich. Mal war es eine Modeschau, mal ein Shooting für irgendein Magazin. Manchmal lud er mich auch nur zum Essen ein. Ich hatte keine Freunde. Ich stand nur mit Lenny und Köbi in Verbindung. Auch mit meinen Eltern hatte ich keinen Kontakt, bis Lenny mich fragte, ob ich meinen Vater treffen wolle. Er habe mit ihm telefoniert.

Ich schlug das Notizbuch auf und starrte auf die unbeschriebenen Seiten. Die Tür ging auf und ich sah einen älteren Mann ins Café treten. Er blickte sich suchend um, bis ich meine Hand hob und mich zu erkennen gab. Mein Vater schien sich zu freuen, mich zu sehen. Als ich ihm zögerlich die Hand entgegenstreckte, umarmte er mich. Er erzählte, dass er mit meiner Mutter inzwischen eine Zweitwohnung in Wien habe. Dort hingen bei ihrem Friseur Bilder von mir. Wir haben dich sofort erkannt, sagte mein Vater. Er wirkte sympathisch, und ich hätte ihn bestimmt gemocht, wäre ich in dem Moment ein junger Erwachsener und nicht das alte Kind gewesen. Ich sagte, dass ich nicht viel Zeit hätte, denn ich müsse noch packen. Es war der Tag, an dem wir nach Berlin fuhren.

Zurück in der Wohnung, klingelte das Telefon. Köbi sagte, dass er die Abrechnungen von meinen Agenturen bekommen habe. Viertausend, sagte er. So viel habe ich in der ganzen Zeit verdient. Ich wiederholte die Zahl, und Köbi beschwichtigte: Natürlich hast du viel mehr verdient, aber die Agenturen haben ja auch ihre Kosten. Dazu die Flüge, Unterkünfte und die Limousine. Als ich Lenny die Hälfte der viertausend anbot, winkte er ab. Lass nur, sagte er, wir teilen dann, wenn richtig was reinkommt.

Wir legten unsere Taschen in den Kofferraum des Cadillacs und brachen Richtung Norden auf. Vor der Grenze begann es zu regnen, und Lenny aktivierte die Scheibenwischer. Mit der Dämmerung kam der Sturm. Eine gewaltige Wassermasse brach über den Cadillac herein, der wie ein Schiff das Wasser auf die Seite pflügte und langsam über die deutsche Autobahn Richtung Berlin fuhr. Die Scheibenwischer quietschten, als sie mit voller Geschwindigkeit gegen die Wasserwand anzukämpfen versuchten. Die Scheinwerfer beleuchteten das Wasser und ließen es glitzern.

Wir sprachen kein Wort, überwältigt von den Eindrücken, von der Beunruhigung, vom Sturm verschluckt zu werden und außer Wassernebel nichts mehr zu sehen. Es war, als gäbe es da draußen keine Welt mehr. Als wäre alles nur eine Illusion. Das Unterwegssein kam mir wie ein Traum vor. Bis die Scheinwerfer ausgingen. Die fröhlichen Wasserspiele waren jetzt ein dunkles, gefährliches Nichts, in dem wir mit voller Geschwindigkeit unterwegs waren. Als Lenny auf den Pannenstreifen steuerte, streikte auch der Motor. Wir schafften es gerade noch an den Rand der Autobahn. Der Cadillac schien schwer verletzt und schüttelte sich leicht, als ihn die Wasserfontänen und der Luftdruck der gefährlich nahe vorbeirasenden Lastwagen trafen, deren Lichter wir nur als schwache wässrige Wolken auftauchen und wieder verschwinden sahen. Ich zündete mir eine Zigarette an und fühlte mich wirklich verloren.

Wäre da nicht Lenny gewesen, der den Pannendienst anrief, wäre ich vielleicht für immer sitzen geblieben und hätte gedankenverloren zugesehen, wie in der Dunkelheit immer wieder die Glut aufleuchtete, wenn ich an der Zigarette zog. So lange, bis auch sie ausging.

Der Abschleppwagen brachte uns zu einer Garage, von wo wir zu Fuß durch den peitschenden Regen zu einem kleinen Motel liefen, dessen Leuchtschrift wir schwach im Sturm schimmern sahen. Als wir das Gebäude betraten, klebten mir die Haare im Gesicht, die Schuhe waren voller Wasser, und die Jeans überzog meine Beine wie eine eiskalte Haut. Es sei die Lichtmaschine, hatte der Automechaniker behauptet. Und versprochen, dass sie morgen wieder flott sei.

Als wir Berlin erreichten, regnete es nur noch leicht. Die Ampel vor uns schaltete auf Rot, und ich konnte den berühmten Fernsehturm sehen, dessen Spitze im Nebel verschwand. Als würde er wie ich die Sonne suchen. Um die Sonne zu sehen, müsste der Adler wieder fliegen. Aber ich wusste inzwischen, dass kein Flug endlos war.

Ich realisierte, dass Lenny neben mir nervös wurde. Die Ampel zeigte Grün, aber der Cadillac wollte nicht starten. Hinter uns begann es zu hupen. Unser großes Fahrzeug blockierte den Strom.

Mit vereinter Kraft gelang es uns, den Wagen zur Seite zu schieben. Der Mann vom Pannendienst konnte nicht helfen, und wieder musste ein Abschleppwagen gerufen werden.

Ich rief Martin an, damit er uns abholen käme. In seiner kleinen alten Karre ging die Reise weiter, bis ganz an den östlichen Rand der Stadt, wo in einem großen Garten das kleine Holzhäuschen stand, in dem er mit seinem Partner wohnte. Wieder fühlte es sich an, als hätten wir eine Grenze erreicht, hinter der die Welt langsam wurde. Draußen liefen Hühner herum, und drinnen kam nur kaltes Wasser aus dem Hahn. Wir setzten uns dick eingepackt in den Garten, und ich bemerkte zum ersten Mal, dass Martin attraktiv war. Das schien auch Lenny zu sehen, denn er begann wieder, den Teenager zu spielen. Irgendwann kam Martins Freund dazu, und zu viert warteten wir auf den Sommer, der nicht kam.

Es gab nichts zu tun. Wir besuchten Martins Freund bei seiner Arbeitsstelle. Er war Kellner in einem Café. Dort saßen wir stundenlang, tranken Kaffee und halfen ihm, die Stühle auf die Tische zu stellen, wenn die letzten Kunden gegangen waren. Als Lenny den Cadillac abholen konnte, waren Martin und ich allein. Ich hatte das Gefühl, es gäbe viel zu sagen und noch mehr zu tun. Ich betrachtete Martins Lippen, als wir in einer Bar saßen. Seine Hand rutschte nahe an meine heran. Das Lokal füllte sich mit weißem Schaum, der langsam unsere Beine schluckte. Martins Gesicht kam in Zeitlupe näher, bis meine Sicht verschwamm, weil wir einen Punkt erreicht hatten, an dem es nicht mehr weitergehen durfte. Tage später lagen wir zu viert im Bett, und ich musste aufstehen, als die Erwartungen spürbar wurden. Ich ging nach draußen und zündete mir eine Zigarette an. Der Sommer war nicht gekommen, und ich wusste, dass es höchste Zeit war, wieder aufzubrechen.

Ich bestieg ein Flugzeug, um endlich wieder abzuheben. Weg von da, wo ich nicht sein wollte, dem Stillstand. Ich musste Geschwindigkeit aufnehmen, um mich nicht vom Loch zwischen Vergangenheit und Zukunft verschlucken zu lassen. Ich musste schneller sein als die Gegenwart. Als ich in London gelandet war, sah ich die Stadt in Aufruhr. Ich ließ mich von einer Limousine zum Hotel fahren. Der Fahrer informierte mich, dass Diana letzte Nacht in Paris gestorben sei. Wie tragisch, fügte er hinzu, jetzt wo sie sich endlich die nötige Freiheit erkämpft hatte. Ich hinterließ meine Tasche beim Portier, lief durch die Straßen und sah mir die Flut an Blumen und die trauernden Menschen an. Manche weinten hemmungslos.

Ich traf meine Agentin im Pub neben der Agentur, um mir die Unterlagen und das Flugticket für morgen geben zu lassen, denn die Reise sollte sofort weitergehen, weiter weg; nach Tokio, wo mich ein Designer für eine Show gebucht hatte.

Vor dem Hotel wartete schon der Fahrer, als ich in den kühlen Morgen trat. Im Flughafen sprach mich am Gate ein Model an, das ich noch aus Paris kannte. Der Typ bemühte sich, den Sitz neben mir zu kriegen, und kaum waren wir abgehoben, fing er an, Whiskey zu trinken. Die Flugbegleiter waren bereit, ihm immer wieder ein neues Fläschchen zu geben. Er erzählte mir von seiner schrecklichen Kindheit, und als er betrunken den Kopf auf meine Schulter legte, musste ich aufstehen. Ich eilte den Gang hinauf und hinunter, im Bewusstsein, dass es keinen Ausweg gab. Ich setzte mich aufs Klo, nur um ein bisschen allein zu sein, und betrachtete mich anschließend im Spiegel, im Neonlicht weit oben über der Welt auf dem Weg zum nächsten Kontinent. Auf der Flucht vor etwas, das ich nicht zurücklassen konnte.

Unser Hotel in Tokio war ein riesiger moderner Kasten, der sich endlos in den Himmel zu erheben schien. Limousinen hatten uns Models vom Flughafen abgeholt, und irgendwelche Leute hießen uns überfreundlich in der Hotellobby willkommen. Der betrunkene Kollege bestürmte mich, bis ich einwilligte, mit ihm ein Zimmer zu teilen. Als man uns durch die Straßen zur Anprobe führte, fühlte ich mich wie auf einem anderen Planeten. So viele Menschen an einem Ort, und doch gab es kaum Geräusche. Als würde in dieser Welt alles unterdrückt, was auffallen könnte.

Irgendwelche japanischen Mädchen folgten uns. Unsere Schritte wurden schneller, und ich war froh, als wir das riesige Gebäude erreichten, in dem morgen die Show stattfinden würde. Leute in Uniform hielten uns die Tür auf, und drei Frauen führten uns durch endlose Gänge bis in einen Raum, der mir vertraut vorkam. Hier hingen die Klamotten, hier warteten die Friseure und die Make-up-Artisten vor den Spiegeln. Hier fühlte ich mich wohl, das war der Ort, an dem ich mich geschützt fühlte. Diesen Raum traf ich immer wieder, egal, auf welchem Kontinent und in welchem Land.

Ich zog exklusive Kleidung an und setzte mich auf einen Stuhl, um mich von freundlichen Japanern begutachten zu lassen, nachdem ich ihnen gesagt hatte, dass niemand meine Haare schneiden durfte. Sie hatten wieder eine anständige Länge und wurden von mir jeden Morgen mühevoll in die Höhe frisiert. Der bekannte DJ, der ebenfalls aus London für die Show angereist war, neckte mich deswegen: Er habe doch immer vermutet, dass Elvis noch lebe. Er steckte sich eines der Sushis in den Mund, die uns lächelnde Asiaten auf riesigen Platten servierten. Ich ließ ihn grinsen, im Bewusstsein, dass er morgen nur im Schatten der Bühne seine Platten drehen würde, während ich als König der Lüfte auch Tokio eroberte.

Die Show wurde aber so unspektakulär, dass der Adler gar nicht erst in die Luft ging. Ich betrat die Bühne, und statt treibender Bässe empfingen mich seichte Klänge. Wir sollten uns langsam bewegen, hatte es geheißen. Nicht marschieren wie in Milano und Paris. Es war kein Abheben und kein Fliegen, es war ernüchternd langweilig. Ein bisschen spazieren, als wäre ich an einem kleinen Fluss mit Fischen, die mir aus dem Wasser dabei zusahen. Es pumpte kein Adrenalin, alles lag unter einer Decke von Schläfrigkeit.

Nach der Show wollten zu viele Japaner meine Hand schütteln, und ich griff verzweifelt nach dem Champagner, der in winzigen Gläschen herumgereicht wurde. Als wir uns freigekämpft hatten, versuchten wir, auf der Straße Taxis anzuhalten. Ich war unter den ersten vier, die das Glück hatten, endlich in ein Auto zu steigen. Wir fuhren durch die nächtliche Riesenstadt zum angesagtesten Klub, der heute nur für uns geöffnet war. Ich tauchte in ein Labyrinth aus Gängen, wo ich mir eine Flasche Champagner schnappte, um damit willig im Wirrwarr verloren zu gehen. Lief ich lange genug durch die Gänge, fand ich Räume, in denen DJs seltsame Musik auflegten und auf den leeren Tanzflächen verloren farbige Lichter blinkten. Ich tanzte ein bisschen und lief weiter, bis ich wieder auf Menschen stieß. Die Flasche war leer, und mein Rachen schmerzte vom vielen Rauchen. Ich ging zur großen Bar und begann, Whiskey zu trinken. Bis ich wenigstens ein bisschen abheben konnte.

Der Engländer, der die Show organisiert hatte, sagte zu mir: Ich habe eine Limousine draußen. Willst du auch zurück zum Hotel? Ich war einverstanden. Die Scheiben waren getönt, und ich konnte die Außenwelt kaum erkennen, als wir durch Tokio fuhren. Das grelle Licht in der Hotellobby schmerzte mich, und ich sagte genervt Nein, als mich der Mann aufforderte, noch ein bisschen mit ihm in seine Suite zu kommen.

Ein wütender Sturm griff nach dem Flugzeug. Wir befanden uns auf der Reise zurück nach London. Das betrunkene Model von der Hinreise war wieder betrunken und kotzte in den Gang. Wir stürzten in ein Luftloch, und ich musste lachen, während die anderen schrien. Als wäre die Limousine nie weg gewesen, wartete sie am Londoner Flughafen an der gleichen Stelle, an der ich ausgestiegen war. Sie war auch da, als ich frühmorgens wieder aus dem Hotel trat. Das Gefühl für Zeit und Distanz war mir abhandengekommen. Als wäre das Reisen auch nur eine Form von Stillstand. Einen Flug später und nach einer weiteren Limousinenfahrt war ich zurück an der Park Avenue in New York. Der Kaffee in der Agentur schmeckte mir nicht mehr, und das Grinsen des Agenten nervte mich. Er zeigte sich froh, dass meine Haare gewachsen waren und ich nicht mehr wie ein Nazi aussah.

Schnall dich an, sagte er, denn jetzt geht es richtig los. Er schlürfte genüsslich an einem Espresso, bevor es aus ihm herausbrach: Der absolut wichtigste und berühmteste Fotograf hat dich gebucht. Ohne Casting und nichts, einfach so. So etwas habe es noch nie gegeben. Ich spürte wieder Energie in mir. Darauf hatte ich gewartet, etwas Großes, das mich aus der Langeweile hob. New York schien endlich bereit für mich. Die nächste Tür war aufgestoßen, und die betagte Besitzerin der Agentur wollte mich persönlich kennen lernen, um zu sehen, wer das scheinbar Unmögliche geschafft hatte. Diese Welle an Bestätigung gab mir Aufwind. Endlich konnte ich wieder abheben. Hinauf in die Wohnung, wo mich ein Model in Empfang nahm, das ich aus der Klatschpresse kannte. Ich stellte meine Tasche neben ein freies Bett und gab dem Jungen die Hand, der auf dem nächsten Bett saß und aus irgendeinem Grund strahlte, als wäre heute der beste aller Tage.

Die streng geheime Adresse auf dem Zettel führte mich zu einem Gebäude, an dem nichts angeschrieben stand und dessen einzige Klingel ohne Beschriftung war. Hier befand sich also das Studio des berühmtesten aller Fotografen. Nennen wir ihn Michael. Ich stellte fest, dass ich zwanzig Minuten zu früh war, und klemmte meinen Coffee-to-go zwischen die Beine, um mir eine Zigarette anzuzünden. Ein Mann kam aus dem Haus und fragte: Bist du das Model? Ich nickte, und er erklärte, dass er der Manager von Michael sei und sich das Shooting ein bisschen verzögern werde.

Lass uns im Café an der Ecke auf Michael warten, sagte er. Ich folgte ihm die Straße hinunter zu einem Lokal, das geschlossen war. Kein Problem, sagte er schnell. Er wohne in der Nähe und habe auch jede Menge Kaffee. Er eilte weiter, ohne eine Reaktion von mir abzuwarten. Ich folgte ihm um eine Straßenecke, bei Rot über die Straße zwischen den Autos hindurch und durch einen kleinen Park, bis er vor einem alten Gebäude stehen blieb. Die Treppe knarrte, als ich ihm in den fünften Stock hinterherjagte, immer zwei Stufen auf einmal nehmend. Hey, sagte ein Junge in Unterwäsche, als wir in die kleine Wohnung traten. Der Junge trug eine blonde Frauenperücke und hatte sich die Lippen geschminkt. Setz dich, ich mach mal Kaffee, sagte der Manager von Michael. Ich setzte mich neben den Jungen auf das durchgesessene Sofa und ließ mich von ihm anstarren.

Durch das offene Fenster hörte ich, wie unten auf der Straße Autos hupten und eine Sirene näher kam. Hier, sagte der Mann, als er mir eine Tasse mit Kaffee auf den Boden vor die Füße stellte. Er hatte sich das Hemd ausgezogen. Ich fragte ihn, ob er Michael anrufen könne. Klar, sagte er und ging ins nächste Zimmer. Ich erwartete, seine Stimme zu hören, aber es blieb ruhig. Der Junge kicherte und starrte mich weiter an. Ich blieb sitzen, bis ich es nicht mehr aushielt und ins Zimmer ging, wo sich der Manager befand, von dem ich inzwischen annahm, dass er gar keiner war. Ich gehe zurück zum Studio, informierte ich ihn. Einverstanden, sagte er, doch ich solle mich wieder setzen, er rufe mir ein Taxi. Ich ging zurück und stellte mich ans Fenster, um zu warten. Wieder hörte ich keine Stimme und ahnte, dass das Ganze eine Falle war. Zum Glück hatte ich den Kaffee nicht angerührt, wer wusste, was da drin war.

Ich drehte mich um und rannte zur Wohnungstür. Ich jagte die fünf Stockwerke hinunter, und als ich schwer atmend auf die Straße trat, riss ich die Hand hoch, um das nächste Taxi anzuhalten. Der Fahrer mit Turban verstand mich nicht, also reichte ich ihm den Zettel mit der Adresse des Studios. Dort angekommen, presste ich den Finger auf die Klingel. Als mir jemand die Tür öffnete, kam sofort die Frage: Wo warst du? Im Raum saßen mehrere Leute. Sie brachen ihre Gespräche ab, als ich zu ihnen geführt wurde. Ich erkannte das berühmte Gesicht von Michael. Er sagte einer Frau, dass man der Agentur Bescheid geben könne, dass ich doch noch aufgetaucht sei.

Er schaute mich fragend an, und ich erzählte ihm von dem Typ, der mich vor der Tür abgefangen und sich als sein Manager ausgegeben hatte. Er wollte wissen, wie der Mann ausgesehen habe. Als ich ihn beschrieb, fing Michael an zu lachen. Er legte mir die Hand auf die Schulter und sagte: Das ist mein Exfreund. Der ist krankhaft eifersüchtig. Und verrückt, fügte er hinzu. Dann: Die Fotos, die wir heute machen, werden in Japan an allen Wänden kleben. Ich sah ihn wie einen Geist hinter mir verschwimmen, als eine Frau mir das Gesicht mit Puder bedeckte.

Ich ging durch die nächste Tür in einen großen Raum mit einer aufwendigen Kulisse: ein kleines Zimmer mit umgeworfenen Büromöbeln. Alles aus Pappe. Vier Männer in Overalls besprachen die letzten Kleinigkeiten, und Michael positionierte irgendwelche Models in der Kulisse. Eine Frau musste sich unter den Schreibtisch legen, sodass man nur ihre Beine sah. Ein Junge hatte sich mit dem Gesicht zur Wand zu stellen, die Arme ausgebreitet, als würde ihn die Macht an die Wand drücken, die in Form eines Ufos durch das offene Fenster hereindrang. Alien-Attack, sagte Michael und stellte mich direkt vor die Kamera, in die ich mit aufgerissenen Augen und schreiendem Mund zu rennen hatte. Einer der Assistenten schüttelte das Polaroidfoto, bis mein Gesicht sichtbar wurde, wie es aufgelöst und voller Furcht die Hälfte des Sichtbaren einnahm, eine Sekunde bevor es in den Untergang hinter der Kamera verschwinden würde.

Michael betrachtete das Foto und gab letzte Anweisungen. Zwei Scheinwerfer wurden um Zentimeter verschoben. Ich rannte um mein Leben, während hinter mir die Aliens durch das Fenster mit außerirdischer Wucht Laserstrahlen in den Raum schossen. Mein Schrei fror ein und hing noch als Sprechblase über der Szenerie, als mich Michael nach dem Shooting fragte, ob ich mit ihm auf eine private Party einer berühmten Schauspielerin kommen wolle. Lieber nicht, erwiderte ich. Dann lass dich wenigstens auf einen Drink einladen, sagte er und führte mich in den oberen Stock, als unten die Aufräumarbeiten begannen. Ich folgte ihm in ein Zimmer mit einem großen Himmelbett. Er müsse sich noch schnell was anderes anziehen. Ich ging zum Fenster und sah draußen eine Limousine warten, während sich in meinem Rücken der berühmte Fotograf auszog. Ich musste an den Redakteur in Los Angeles denken. Wie schon einmal hörte ich hinter mir eine Stimme meinen Namen rufen und ahnte Schlimmes. Aber zum Glück war Michael wieder angezogen, als ich mich umdrehte.

In einer kleinen Bar bestellten wir alles, was an Snacks angeboten wurde. Er trank Bier, ich Kaffee. Ich brauchte Koffein, um in dieser erschöpfenden Welt wach zu bleiben. Ich durfte in keine Falle treten und musste aufpassen, dass mich nichts und niemand fassen und meiner Freiheit berauben konnte. Du solltest mit dem Modeln aufhören, sagte Michael, du bist viel mehr. Er versprach: Wenn du willst, mach ich dich zu einem Popstar. Ich weiß nicht, was an meiner Person diese Sehnsucht in ihm auslöste. Er begann, sich mir fast flehend anzubieten. Lass mich dein Manager sein, bettelte er. Ich ließ mich nicht beeindrucken und verabschiedete mich, ohne meine Kontaktdaten preiszugeben.

Ich lief die vielen Straßen zurück zur Wohnung, wo der junge Mann im Bett neben meinem auf mich zu warten schien. Wollen wir um die Häuser ziehen?, fragte er. Ich schüttelte den Kopf, setzte die Kopfhörer auf und schloss die Augen, damit endlich weg war, was zu nerven begann. Ich war für die großen Labels über den Laufsteg gerannt, um die ganze Welt gereist, und der berühmteste Fotograf war hinter mir her. Ich war an einem Punkt des Fluges, an dem es nicht mehr weiter hinaufgehen konnte.

Zwei Tage später stand ich vor der Kamera eines anderen großen Fotografen. Auf dem Polaroidfoto begann sich die Person zu zeigen, die ich geworden war, aber eigentlich nie hatte sein wollen: fassbar, eine hübsche Hülle mit dem letzten bisschen Trotz in den Augen, der mir noch geblieben war. Ich hatte Angst davor, jeden Tag in die Agentur zu gehen, denn dort verkündete mir mein wahnsinnig fröhlicher Agent immer schon das nächste wichtige Shooting. In der freien Zeit ließ ich mich von der Fußgängermasse mitreißen oder setzte mich in die U-Bahn, um ein paar Stationen zu fahren und das Gefühl zu haben, weiterhin unterwegs zu sein.

Jemand rief meinen Namen, und ich sah wie einen Geist aus der Vergangenheit Ray vor mir auftauchen, den New Yorker aus der Wohnung in Milano, der keine Agentur gefunden hatte. Er schien sich zu freuen, mich zu sehen, und bestand darauf, mich zu einem Kaffee einzuladen. Er erzählte mir, dass er noch nicht aufgegeben habe und jetzt in New York eine Agentur suche. Weißt du, sagte ich, vielleicht ist es nicht schlecht, wenn nicht jeder Traum in Erfüllung geht.

Die Tage vergingen langsam, und anders als bei meinem Agenten hielt sich bei mir die Freude in Grenzen, als Michael mich wieder buchte. Es war offenbar sein letztes Shooting als Fotograf, danach wollte er sich in Los Angeles dem Film widmen. Als ich das Studio erreichte, war die Presse da. Ich flüchtete ins Haus, wo mich Michael bat, einem Fernsehsender ein kurzes, exklusives Interview zu geben. Man führte mich zu einem roten Sessel, auf den eine große Kamera gerichtet war. Zu meiner Erleichterung ging es in den Fragen nur um Michael. Eine aufwendig frisierte Frau wollte wissen, wie es sei, mit diesem großartigen Fotografen zu arbeiten. Wer hätte gedacht, dass ich öffentlich als Referenz herhalten musste für jemanden, den ich kaum kannte.

Danach lud mich Michael für Samstag zu einem Konzert einer berühmten Band ein, die in New York ihre Welttournee startete. Nach kurzem Zögern gab ich nach und stieg mit ihm Tage später vor dem Studio in die Limousine. Wir glitten durch die engen Straßenschluchten einer Stadt, die mein Zuhause hätte werden sollen, wenn es nach dem Plan meiner Agenten gegangen wäre. Ich war aber auf Flucht programmiert.

Die begehrenden Blicke von Michael waren wie Peitschenhiebe auf meiner Haut. Vor dem Stadion sprang ich ins Freie und folgte Michael zum Hintereingang, wo uniformierte Männer eine Meute Menschen unter Kontrolle hielten. Fotografen versuchten uns mit Blitzen einzufangen, als wir zwischen ihnen zur Tür eilten, die zwei Muskelpakete bewachten und für uns aufmachten, als hätten wir irgendwelche magischen Worte gesagt.

Drinnen begrüßte uns der Sänger der Band, und eine Dame drückte uns Champagner in die Hand. Ich pinkelte auf dem Klo neben einem berühmten Musiker und setzte mich auf ein Sofa zu einem anderen Star. Ich hätte mich angekommen fühlen können zwischen allem, was New York an bekannten Gesichtern hergab. Aber ich spürte nichts außer Leere in diesem Raum. Die Berühmtheit neben mir versuchte, mich in ein Gespräch zu verwickeln, bevor wir einzeln aus einer Tür neben der Bühne in die Arena zu treten hatten. Auf einen riesigen Bildschirm übertragen, wurden wir der unüberschaubaren Masse an Menschen präsentiert, die immer wieder zu toben begann, wenn der Nächste von uns im Scheinwerferlicht erschien.

Auch ich betrat das Licht und setzte mich den gierigen Blicken eines Meeres von wilden Tieren aus. Ich flüchtete in den Schatten des Bereichs, den man für uns vor der Bühne abgesperrt hatte. Michael zog sich ein Pulver in die Nase und lächelte mich dabei an. Ich wollte abhauen, aber ich war eingesperrt in dieser exklusiven Kulisse, wo alles zusammengekommen war, was ich vielleicht einmal hatte sein wollen. Ich spürte, dass die Freiheit, die ich erreicht hatte, zu einem Gefängnis geworden war.

Der Fahrer der Limousine war eingeschlafen. Er schreckte auf, als Michael heftig an die Scheibe klopfte. Ich duldete die Hand auf meinem Bein wie auch die geilen Blicke der Augen mit den großen Pupillen. Ich zählte die Sekunden, bis wir endlich Manhattan erreichten. Komm doch mit zu mir, flehte Michael, als ich aus dem Auto stieg und in irgendeine Straßenschlucht hinaustrat. Er rief mir etwas hinterher, als ich mit schnellem Schritt aus der Szene lief und mich als Model aufzulösen begann.

Der Anruf von Köbi war meine Rettung. Er fragte, ob ich bereit wäre, für das Shooting der Kampagne einer großen deutschen Unterwäschefirma in die Schweiz zu fliegen. Ich konnte es kaum erwarten, bis endlich die Limousine vor das Haus rollte, um mich zum Flughafen zu bringen. Der Gedanke an die Heimat erfüllte mich so mächtig wie damals die Idee des endlosen Sommers. Ich wollte nicht mehr abheben, um auf der Reise zu bleiben, sondern um anzukommen. Das Flugzeug stieß durch die Wolken in den blauen Himmel, der für mich nicht mehr für die endlose Weite der Freiheit stand. Ich wollte erreichbar werden und nicht immer wieder von neuem gehen, um doch nirgends anzukommen.

Die Heimat präsentierte sich mir wie das gelobte Land, als ich sie unter mir näher kommen sah. Das Flugzeug rollte aus, und Lenny wartete wie gewohnt hinter dem Zoll. Neben ihm sah ich zu meinem Erstaunen Jonas stehen, den Bauernjungen, den wir im Schwulenklub kennen gelernt hatten. Ich erfuhr, dass er heute die Schule schwänzte, nur um dabei sein zu können, wenn ich aus dem weiten Universum wieder in eine Welt trat, die für ihn erreichbar war. Vor dem Flughafen stiegen wir in einen alten Mercedes, den Lenny kürzlich gekauft hatte, da der Cadillac nach der Berliner Reise den Geist ganz aufgegeben hatte.

Wir fuhren direkt zum Hotel, wo Köbi im Auftrag der Unterwäschefirma ein Zimmer für mich reserviert hatte. Wir setzten uns in die Hotelbar und bestellten Kaffee, der mir besser schmeckte als jeder Champagner. Als sich die beiden verabschiedet hatten, ging ich ins Zimmer und trat vor den Spiegel. Ich betrachtete mich neugierig, als würde ich mich gerade erst selbst kennen lernen.

Am Morgen begrüßte mich eine strahlende Sonne. Ich ließ mich von einem Taxi zum Ort des Shootings fahren. Ein Mann erzählte mir, dass man das weibliche Model aus London eben wieder weggeschickt hatte, weil es zu dünn gewesen sei. Das

Shooting verschiebe sich, bis man einen geeigneten Ersatz gefunden habe. Man werde meine Agentur informieren, sobald es einen neuen Termin gebe.

Ich trat aus dem Gebäude und spazierte durch die Straßen. Ich fühlte mich wie ein Tourist in den Kulissen meiner Vergangenheit. Ich bestaunte die alten Häuser und sah die hohen Berge in naher Ferne. War mir der Himmel in der Heimat immer so klein vorgekommen, schien er jetzt im Vergleich zum dünnen Streifen in New York herrlich groß. Ein Flugzeug zog eine weiße Linie durch die blaue Fläche, und ich war froh, durfte ich noch etwas auf dem Boden bleiben und musste nicht wie geplant schon morgen abheben, um wieder in der Ferne verloren zu gehen.

Am Samstag sagte Köbi, dass das Shooting erst am Montag stattfinde. Man habe ein Model aus Milano kommen lassen, sei aber mit ihren Brüsten nicht zufrieden. Ich hatte also Zeit, mit Lenny Jonas auf dem Bauernhof abzuholen, um den Abend zu dritt im Schwulenklub zu verbringen.

Wir waren früh dran, und es war noch kaum jemand da. Wir setzten uns an ein Tischchen, und Lenny holte uns Drinks an der Bar. Ich betrachtete meine zwei Begleiter. Lenny war jemand, der mich unterstützte, egal, welche Wendung mein Leben nahm. Jonas war der geduldig Wartende, der eine Ruhe und Einfachheit ausstrahlte, in die ich mich fallen lassen konnte. Ich musste es nur zulassen.

Der DJ spielte »99 Luftballons« von Nena, den Song, den ich als Kind immer gehört hatte. Ich sprang auf, um auf die Tanzfläche zu eilen und gegen alles anzutanzen, was seit meiner Kindheit passiert war. Mit Jonas an meiner Seite ließ ich im bunten Discolicht das Kind in mir die Führung übernehmen. Ich sah Jonas lachen, weil ich wie ein Verrückter tanzte. Ich spürte etwas wie Glück und die Dringlichkeit einer neuen Revolution. Dafür müsste ich heftig auf die Bremse treten und all die Freiheit ablegen, die mich nackt im eiskalten All schweben ließ.

Ich glaubte in Jonas den richtigen Partner für die nötige Verschwörung gefunden zu haben. Als Nena verstummt war und wir zurück zum Tischchen gingen, fragte ich ihn, ob er Lust habe, heute bei mir im Hotel zu schlafen. Er blieb stehen und schaute mich mit seinen großen Augen an. Ich ahnte, dass ich mit meiner Frage etwas angestoßen hatte, das alles verändern würde.

Am nächsten Tag saß ich mit Jonas in der Hotelbar, rauchte und trank Kaffee. Wir gingen spazieren, durch die Altstadt an den See. Dort setzten wir uns auf eine Bank und genossen die Aussicht. Der Himmel war bewölkt, nicht mehr blau. Aber das spielte keine Rolle. Heute nicht. Ich begleitete Jonas zum Bahnhof und ging allein zum Hotel zurück. Ich fühlte mich leicht, doch ich schwebte nicht. Ich nahm wahr, dass meine Füße beim Gehen den Boden berührten.

Meine Haut wurde eingefärbt, und ich zog Unterwäsche an, ein Modell nach dem anderen, um darin gleichgültig vor der Kamera zu stehen. Neben einer Frau aus Paris, deren Maße dem Hersteller endlich gefallen hatten. Nach dem Shooting traf ich Köbi, der mich überredete, nach London zu fliegen, um mich dort für die Kampagne einer italienischen Bekleidungsfirma fotografieren zu lassen. Ich sah mich gezwungen, wieder aufzubrechen, obwohl ich endlich an einem Ort angekommen war, an dem ich bleiben wollte.

Ich setzte mich in ein Flugzeug, um wieder abzuheben. Wie gern wäre ich am Boden geblieben. Als das Flugzeug an Distanz gewann, verkrampfte ich mich, fühlte mich, als wäre ich ein gespanntes Seil. Bevor es mich zerreißen konnte, landete ich in London.

Dieses Mal übernachtete ich nicht in einem Hotel, sondern in einer Wohnung der Agentur. Als ich klingelte, öffnete mir ein junger Mann die Tür, den ich von einem Shooting in Milano kannte. Er führte mich ins Wohnzimmer, wo drei andere einen Film im Fernseher schauten. Sie tranken Bier, und einer hielt mir einen Joint entgegen. Nein, danke, sagte ich und suchte ein freies Bett, um mich hinzulegen. Ich schloss die Augen und versuchte mich zu entspannen. Die Stimmen aus dem Wohnzimmer wurden lauter und legten sich wie ein schweres Gewicht auf mich. Das Atmen fiel mir schwer, als wäre die Luft unglaublich dick. Ich verlor das Bewusstsein, und als ich wieder zu mir kam, war der Raum stockdunkel. Ich war nass geschwitzt. Eine heftige Übelkeit ließ mich aufstehen und durch die Dunkelheit in die Richtung gehen, in der ich die Tür vermutete. Ich fand nur eine Wand und begann mich an ihr entlangzutasten, bis ich die Tür erreichte. Endlich konnte ich etwas sehen, durch das kleine Fenster im Gang drang ein bisschen Licht von draußen. Ich eilte ins Badezimmer, die Übelkeit kochte in mir. Ich kniete auf den Boden und lehnte mich über die Toilette. Ich versuchte herauszukotzen, was mir Schmerzen bereitete. Ich drückte meine Stirn gegen die kalten Fliesen, spürte mich zittern und schnappte nach Luft. Ich zog mich bis auf die Unterwäsche aus und legte mich auf den Boden. So lag ich im grellen Licht, bis ich mich etwas beruhigt hatte und mich kräftig genug fühlte, um wieder ins Bett zu gehen.

Mir war schwindlig, als ich am Morgen zur U-Bahn-Station lief. Ich spürte die letzte Kraft schwinden, als ich auf der Rolltreppe in die Tiefe glitt. Panik loderte auf, und Adrenalin pumpte genug Energie in mich, um wieder nach oben zu rennen und aus der Station flüchten zu können. Ich setzte mich draußen hin und versuchte, meinen Atem zu beruhigen. Tief einatmen. Langsam ausatmen. Ich zündete mir eine Zigarette an und ärgerte mich, dass ich krank geworden war.

Das Shooting war wichtig, und ich wollte nicht umsonst nach London geflogen sein. Also zwang ich mich zurückzugehen und ließ mich von der Rolltreppe in den Untergrund bringen. In der vollen U-Bahn stülpte ich mir den Kopfhörer über und klammerte mich mit beiden Händen an eine Stange. Die Musik half mir, die Fahrt zu überstehen und an der richtigen Station wieder das Tageslicht zu erreichen. Wie im Traum fand ich das Studio und ließ mich frisieren, schminken und einkleiden. Das Licht der Scheinwerfer schmerzte, aber ich hielt es aus. Es fühlte sich an, als würde ich mich auflösen. Als wäre ich verloren gegangen und würde im Weltall schweben, im Bewusstsein, dass es hier niemanden gab, der mich hätte retten können.

Auf der Fahrt zum Flughafen blieb die U-Bahn stehen, und ich glaubte, das absolute Ende erreicht zu haben. Das Flugzeug in die Heimat würde ohne mich starten und mich unter der Erde in London zurücklassen. Es schien eine Ewigkeit zu dauern, bis ein Ruck durch die Bahn ging und sie wieder an Fahrt aufnahm.

Zurück in der Heimat, verkroch ich mich in Lennys Wohnung. Ich ließ den Rollladen herunter und blieb den ganzen Tag im Bett. Als ich wieder genug Energie hatte, um hinauszugehen, fuhr ich zu Köbi in die Agentur. Ich sagte ihm, dass ich nicht nach New York zurückkehren würde, sondern meine Basis in der Schweiz sah. Er fragte, was denn los sei mit mir. Ich konnte und wollte es ihm nicht erklären. Gut, sagte er und fand meine Entscheidung gar nicht schlecht, denn so sei ich näher an Milano, London und Paris.

Als ich aus der Agentur trat, war ich bereit, von der Freiheit in die Sesshaftigkeit zu treten. Ich lief den ganzen Weg zum See, wo ich mich auf die Bank setzte, auf der ich am Sonntag mit Jonas gesessen hatte. Ich vermisste ihn und schloss ihn fest in meine Arme, als ich ihn am Freitag am Bahnhof abholte. Das Wochenende sollte nur uns gehören, und wir fingen an, Lennys dauernde Anwesenheit als störend zu empfinden. Er verhielt sich seltsam, lachte nicht mehr, und als wir am Sonntag aus dem Zimmer traten, meinte er, dass ich ausziehen solle, jetzt, da ich einen Partner habe. Jonas sagte, dass ich bei ihm auf dem Bauernhof wohnen könne. Ich nahm meine Tasche und verließ mein bisheriges Leben, um unter seiner Oberfläche zu verschwinden.

Ich war auf der Flucht vor allem, was ich erreicht hatte. Mir war die Freiheit zu frei und die Welt zu groß geworden. Das Reisen hatte meine Kräfte aufgezehrt, ich wollte einfach nur noch sein.

Endlich verließ mich die Angst, dass mich jemand und etwas einfangen könnte, wenn ich nicht unfassbar war und auf der Flucht blieb. Ich glaubte, Jonas vertrauen zu können. Ich fühlte mich gezähmt von seiner Unschuld und Geduld und genoss die ruhigen Tage auf dem Bauernhof, weit draußen in der Natur. Es gab nur endlose Felder und einen Wald. Ich spielte mit dem großen Hund und bestaunte die Katzenbabys, die am Morgen plötzlich da waren. Die Sonne schien, und ich stieg mit Jonas auf die Bäume, um die reifen Äpfel zu pflücken. Ich sah meine Klamotten dreckig werden und genoss die frische Luft. Bis die Mutter von Jonas nach mir rief. Ein Köbi sei am Telefon.

Ich ließ mir erzählen, wie schwierig es gewesen sei, herauszufinden, wo ich war. Er schien sauer, musste aber darüber lachen, dass ich mich auf einem Bauernhof versteckt hatte. Ich müsse morgen nach Milano fahren, weil mich einer der berühmtesten Designer treffen wolle. Es gehe um die Kampagne seiner anstehenden Kollektion, und es sei nur für einen Tag. Am Abend bist du wieder zurück, versprach er.

Ich saß im Zug und spürte die größer werdende Distanz wieder an mir reißen. Als hätte ich schon Wurzeln gebildet, die mich zurückhalten wollten, weil sie endlich Nahrung gefunden hatten.

Milano präsentierte sich laut und hektisch. Ich flüchtete von der Straße in die Agentur, wo man mir beteuerte, wie wichtig das Treffen war. Man rief mir ein Taxi, das mich zum Palast des Designers fuhr. Dort fühlte ich mich fehl am Platz. Der Designer betrachtete mich mit nüchternem Blick, bevor er verschwand, mich warten ließ und schließlich wieder erschien, um mir zu sagen, dass ich für das Shooting gebucht war. Was mich vor kurzem noch gefreut hätte, war jetzt ein Schock. Ich spürte Übelkeit aufkommen, als ich zurück auf die Straße trat. Ich musste zurück auf den Bauernhof, ich wollte nicht in Milano sein. Nicht einmal für ein, zwei Tage. Die Umstände, dass ich keine Zahnbürste und keine frische Unterwäsche dabeihatte, sah ich als Bestätigung, dass es mir nicht möglich war, zu bleiben. Ich fuhr zurück zur Agentur, wo man begeistert war, dass ich für die Kampagne gebucht war. Als wäre ich nicht mehr ich, sondern ein wild gewordenes, verwundetes Tier, verkündete ich, dass ich heute wieder abreisen würde.

Die Agentinnen, die immer so freundlich zu mir gewesen waren, verwandelten sich ihrerseits in wilde Tiere und begannen mich anzuschreien. Ich hatte ihr Gezeter noch in den Ohren, als ich wieder im Zug saß. Ich ahnte, dass ich gerade kaputt gemacht hatte, was ich mit großer Mühe aufgebaut hatte. Aber ich wollte, dass meine Reise endlich ein Ende fand.

Ich lag neben Jonas im Bett, als ich den Brief an Köbi schrieb. Darin machte ich klar, dass ich nicht mehr zur Verfügung stand. Bevor ich den Brief abschicken konnte, rief er an. Was war da los in Milano?, fragte er ungewohnt harsch. Ich hängte auf. Jonas schaute mich an. Ich nahm seine Hand und fragte, ob wir ein bisschen spazieren gehen wollten. Der endlose Sommer war vorbei. Wir gingen in den herbstlichen Wald, und das Laub raschelte beruhigend, als wir aus dem Blickfeld der Außenwelt verschwanden.

Jonas und ich mieteten eine kleine Wohnung in der Stadt, um sie zu unserer Höhle zu machen. Sie lag in einem alten Haus direkt am Fluss mit Aussicht auf ein großes Getreidesilo. Über den Fluss führte die Bahnbrücke, und wenn das Fenster offen stand, konnte ich den Zug hören, der vom Hauptbahnhof zum Flughafen fuhr. Schon der Gedanke daran, dass ich darin hätte sitzen können, um wieder irgendwo hinzufliegen, löste Panik in mir aus. Ich zog die Vorhänge zu.

Wir kauften gebrauchte Möbel und richteten uns ein. Es sah so aus, als hätte ich ausgerechnet da mein Ziel erreicht, wo meine Suche nach Freiheit begonnen hatte. In der Heimat, die mir doch immer so eng und erdrückend vorgekommen war.

aus der asche

im feuer

Wir saßen auf dem alten roten Sofa, das wir auf der Straße gefunden hatten. Die Kerzen leuchteten am kleinen, krummen Weihnachtsbaum. Leichte Musik füllte den Raum. Es war Heiligabend. Für materielle Geschenke hatten wir kein Geld. Nur etwas hatte ich gekauft. Aus der winzigen Küche waren die Geräusche zu hören, die es machte. Es waren zwei Meerschweinchen, die Freunde meiner Kindheit, die ich in die Gegenwart hinüberretten wollte.

Wie damals saßen sie in einem Käfig, zu klein und machtlos, um sich dagegen wehren zu können. Das hatte uns zu Verbündeten gemacht. Nun befreite ich sie und brachte sie zum Sofa, um als Familie zu feiern. Als kleine, verletzliche Gruppe saßen wir beisammen auf engstem Raum und waren zufrieden mit diesem Zustand. Die Heizung war voll aufgedreht, damit es richtig warm wurde. So warm, dass wir in Unterwäsche Weihnachten feiern konnten.

Ich betrachtete Jonas, seinen kaum behaarten, bleichen Körper, sanft beleuchtet vom Kerzenlicht. Ich musste berühren, was so schön aussah. Die Nähe, die mich mit ihm verband, machte mich geil. Ich kniete mich vor ihn auf den Linoleumboden, um seine Füße zu küssen. Seine Existenz versprach mir Vertrauen und Sicherheit. Ich berührte seine Brust und roch an seinen Haaren. Ich zog herunter, was als Letztes seinen Körper bedeckte. Ich kuschelte mich in den Geruch und die Wärme, die sein Körper mir zu schenken bereit war. Ich konnte annehmen, was mir zuvor schon so oft von so vielen angeboten, aber immer zu schnell und viel zu simpel präsentiert worden war. Jonas legte sich hin, und ich sah einen Menschen, den ich begehren konnte und der mit mir zusammen weitergehen wollte, egal wohin, Hauptsache, zu zweit. Die Nähe zu Jonas reduzierte mich nicht auf meinen Körper. Ich war endlich mehr. Als wäre ich durch eine Tür aus dem Gang getreten, in dem ich so lange herumgeirrt war, fand ich eine ganz neue Freiheit, so mächtig, dass sie die alte in den Schatten stellte.

Ich war angekommen, und Jonas wollte abheben. Er träumte davon, Pilot zu werden. Während er neben einem Lehrer in einem kleinen Flugzeug den Himmel über mir durchkreuzte, dachte ich darüber nach, wie ich Geld verdienen könnte. Als Jugendlicher wollte ich immer nur eins: Künstler werden. Das Studium an der Kunsthochschule wurde mir aber von der Mutter verwehrt. Sie hatte andere Pläne. Grundschullehrer sollte ich werden.

Rauchend saß ich auf dem Sofa und schaute mein Lehrerdiplom an, das mir nach fünf ewig langen Jahren in einem katholischen Internat ausgehändigt worden war. Vor dieser Vergangenheit war ich geflohen, und ich war bestimmt nicht in die Heimat zurückgekehrt, um jetzt das Leben zu führen, das meine Eltern für mich vorgesehen hatten. Trotzdem glaubte ich, vorerst keine andere Wahl zu haben, und nahm für sechs Monate eine Stelle als Vertretung eines Lehrers an. Ich hatte Jonas an meiner Seite, und das war das Wichtigste. Was fehlte, war Geld, und die Stelle war gut bezahlt.

Jonas selbst hatte sein Abitur in der Tasche und musste den obligatorischen Armeedienst antreten. Er hatte es geschafft, in die Elite aufgenommen zu werden, um am Ende des Weges als Pilot ein Kampfflugzeug zu besteigen und das Land von oben zu beschützen. Das mit der Fliegerei war Jonas ernst, und ich bewunderte seinen Mut und seinen Ehrgeiz. Wenn er jeweils am Samstag erschöpft in Uniform nach Hause kam, setzten wir uns zusammen auf das Sofa, und es war alles so gut, dass ich die Woche ohne ihn vergaß und auch erträglich finden konnte, was ich jetzt darstellen musste; einen Lehrer, etwas, das ich nicht hatte sein wollen und nur widerwillig zu spielen bereit war. Ich hätte es nicht ertragen, wäre ich nicht so überzeugt gewesen, dass das mit Jonas ewig dauern würde. Ich spürte die Liebe so stark in mir, dass die Umstände keine große Rolle spielten.

Ich küsste Jonas am Sonntag an der Tür und ließ ihn seinen Dienst antreten, während mir noch eine Nacht blieb, bis ich wieder in die Rolle schlüpfte, die andere in der Vergangenheit für mich ausgesucht hatten.

Mit meinen dreiundzwanzig Jahren war ich viel jünger als die anderen Lehrer und unterschied mich auch äußerlich stark von ihnen. Ich trug T-Shirt und Jeans, sie billige Hemden und gemusterte Sakkos. Als sie fertig waren, mich misstrauisch zu mustern, erzählten sie mir, dass der alte Lehrer, dessen besonders schwierige Klasse ich übernahm, wegen Erschöpfung Urlaub nehmen musste. Die Schule befand sich in der Vorstadt, einem sozialen Brennpunkt, und unter den vierundzwanzig Kindern in meiner Klasse gab es nur drei Schweizer. Ich stellte mich vor diese gefährlichen Viertklässler und schrieb mit geschwungenen Buchstaben meinen Namen an die Tafel.

Zu meiner Überraschung funktionierte der Lehrer in mir einwandfrei, die Programmierung meiner langen Ausbildung wirkte, und ich hatte selbst genug schlechte Erzieher gehabt, um zu wissen, was gut und was schlecht für die Kinder war. Ich vereinbarte mit ihnen, dass ich ihr Freund war, den sie in den Pausen auf dem Bürostuhl möglichst schnell zwischen den Tischen herumschieben durften. Aber sobald es geklingelt hatte, verlangte ich Ruhe und Aufmerksamkeit. Ich wollte aus ihnen soziale Menschen machen und gab ihnen viele Aufgaben, die nur in Gruppenarbeit zu erfüllen waren. Sie sollten sich in Selbständigkeit üben, deshalb ließ ich sie eine Schülerzeitung kreieren, in der sie über alles schreiben konnten, was sie persönlich interessierte. Ich stand nicht auf der anderen Seite mit Lehrerbuch und strenger Miene, wir waren eine Gruppe und wurden langsam zu einem Team.

Diese angeblich schwierige Klasse zeigte sich dankbar und entpuppte sich als pflegeleicht und freundlich, wenn man sie anständig behandelte. Das einzig Mühsame waren die Eltern. Ich war erschöpft, wenn es nach der letzten Stunde des Tages klingelte. Ich stopfte schnell mein Material in den kleinen Rucksack, um den Bus zu erreichen, der in fünf Minuten fuhr. Vor dem Klassenzimmer hielten mich aber ständig irgendwelche Mütter auf. Mein Kind hat sich am Wochenende unmöglich benommen, sagte die eine. Eine andere jammerte, dass es zu viele Ausländer in der Klasse habe.

Wenn ich endlich die Schule verlassen konnte, fiel die Lehrerrolle von mir ab, und ich war wieder frei. Keine Mutter dieser Welt konnte mich dazu bringen, mehr als nötig den Lehrer zu spielen. Bis die Frau anrief, die mich eingestellt hatte. Es habe Beschwerden gegeben, und sie organisiere ein Treffen mit den Eltern, an dem ich anwesend sein müsse, um auf die Vorwürfe einzugehen. Ich half ihr, mein Gericht aufzubauen, wir stellten die Tische zu einem Kreis zusammen und ließen die Anklagenden eintreten, die sich vor der Tür versammelt hatten. Einer nach dem anderen äußerte Kritik, auf die ich ernsthaft und geduldig einzugehen hatte.

Mit Entsetzen stellte ich fest, dass die Eltern die schlechten Erfahrungen mit ihren eigenen Lehrern auf mich projizierten. Sie waren mit zeitgemäßer Pädagogik kaum vertraut. Der Hauptvorwurf war, dass die Kinder beim Entwurf der Aufsätze über die Linien hinaus schreiben durften. Als ginge es in der Schule darum, die Kinder mit möglichst vielen unnötigen Regeln einzuschränken. Ich erklärte ihnen, dass ihre Kinder die Aufsätze erst bei der Reinschrift ordentlich gestalten müssten und es davor um nicht weniger ginge als um den freien Lauf ihrer Kreativität.

Die Anklage wurde abgewiesen, und in der Folge drehte ich den Spieß um. Ich gab den Eltern eine Mitverantwortung und rief sie an, damit sie ihre Kinder abholten, wenn sie nicht aufhörten, den Unterricht zu stören. So brachte ich auf meine Weise Ordnung in diese verstaubte Welt. Die Klasse respektierte mich, und die Eltern ließen mich endlich in Ruhe.

So war der Job ganz erträglich, das einzige Problem waren nur noch die anderen Lehrer, die unglaublich viele Sitzungen und unnötige Treffen forderten. Als gäbe es für sie außer der Lehrerfunktion nichts anderes im Leben, schienen sie auch ihre Freizeit in der Schule verbringen zu wollen. Ich hatte das Gefühl, ich sei ein Alien in ihrer Welt. Als wäre ich aus der Zukunft in die Vergangenheit alter Erziehungsmaßnahmen getaucht. Jedes kleine Problem forderte eine stundenlange Auseinandersetzung. Bis eines mich selbst betraf, weil ein Mädchen seinem Vater erzählt hatte, dass ich es geschlagen hätte. Mir selbst hatte es gesagt, dass es vom ihm misshandelt würde. Es war schnell klar, dass hinter den Vorwürfen nichts steckte außer einem starken Bedürfnis nach Aufmerksamkeit. Vielleicht hätte ich das Mädchen einfach umarmen sollen, aber das war mir als sein Lehrer nicht erlaubt.

Wenn ich keine Pausenaufsicht hatte, flüchtete ich in den angrenzenden Wald, um mir eine Zigarette anzuzünden und mich wieder ein bisschen zu spüren. Ich war verwirrt, dass ich nach der langen Flucht genau da gelandet war, wo ich nie hinwollte. Als wäre es meine Bestimmung, als würde kein Weg daran vorbeigehen. Als brauchte es diese Konfrontation, bevor ich wirklich frei sein konnte. Ich spürte, dass ich noch nicht bereit war, aus der Jugend zu treten und erwachsen zu sein. Nicht heute und nicht mit einer Erziehungsfunktion. Zuerst musste ich eine Rolle finden, die wirklich zu mir passte. So stand ich rauchend im Wäldchen hinter dem Schulhaus und realisierte, dass die Reise entgegen meiner Hoffnung doch noch nicht vorbei war.

Während ich mich psychisch unwohl fühlte, hatte Jonas physische Schmerzen. Er klagte am Wochenende über starke Bauchschmerzen, und Tage später rief er mich aus einer Klinik an. Ich fuhr nach dem Unterricht zu ihm und sah ihn schwach und zerbrechlich in einem schmalen Bett liegen.

Ich erfuhr, dass er im Dienst zusammengebrochen war, weil seine Vorgesetzten zuvor seine Schmerzen nicht ernst genommen hatten. Man hatte einen Krankenwagen gerufen und in der Klinik ein Magengeschwür festgestellt. Jonas schob die Bettdecke zur Seite und hob sein Hemd. Alles war eingebunden; man hatte ihn aufgeschnitten, um das Geschwür zu entfernen. Nicht nur der Übeltäter in seinem Körper war weg, sondern auch seine Pilotenkarriere. Er hatte sich überschätzt, die körperliche Herausforderung war so hart, dass sich ein Geschwür gebildet hatte, das er zu ignorieren versuchte, bis es zu spät war.

So traf ich Jonas doppelt niedergeschlagen an, wenn ich jeden Abend den Lehrer von mir abstreifte und mit Blumen oder Süßigkeiten an sein Bett trat. Er wurde mit einer riesigen Narbe entlassen und lachte bald wieder. Seine Reise sollte weitergehen, nur nicht in der Luft. Er zog wieder eine Uniform an. Dieses Mal, um als Zugbegleiter in Nachtzügen unterwegs zu sein, die in die angrenzenden Länder fuhren. Beide überschritten wir Grenzen, um unser Geld zu verdienen. Er überschritt sie, um sich frei zu fühlen, ich, um jeden Morgen von der Freiheit in die Nötigung zurückzufinden.

Unsere gemeinsame Welt wurde dabei langweilig. Wenn wir zusammenkamen, reichte es uns nicht mehr, nebeneinander auf dem roten Sofa zu sitzen. Wir pilgerten in den Klub für Schwule, in dem wir uns kennen gelernt hatten. Dort fanden wir gemeinsame Freunde, mit denen wir jeden Mittwochabend in ein Vereinslokal für Homosexuelle gingen.

Wir verbrachten unsere Freizeit im schwulen Untergrund, bis wir abhoben, um auf der griechischen Insel Kos Urlaub zu machen. Hier war ich schon gewesen, auf der Diplomreise nach der Lehrerausbildung. Hier war ich wie neugeboren aus dem Wasser gestiegen, um aus dem Meer der Züchtigung als Kind und Jugendlicher das Ufer der Selbstbestimmung zu betreten. Auch dieses Mal sollte sich auf Kos eine Wendung ergeben.

Jonas erzählte mir bei einem Drink nach dem Abendessen, dass er Mühe habe, monogam zu leben. In diesem Urlaub wurde klar, dass wir verschiedene Vorstellungen von Freiheit hatten und uns trennen mussten, wollten wir uns nicht gegenseitig an der Entfaltung hindern. Es ging nicht nur um Treue, denn Jonas war nicht zufrieden, als ich ihm erlauben wollte, mit anderen zu schlafen. Er müsse gehen, den Anker lichten, abhauen. So wie ich es selbst gemacht hatte. Er wollte die Welt erobern, und jede Verpflichtung schien ihm dabei hinderlich. Im Hotelbett schmiegte ich mich weinend an ihn, um ihn freizugeben.

Zurück in der Heimat, zog er aus der gemeinsamen Bleibe aus, um auf einem Schiff in Frankreich anzuheuern. Von der Welt mit ihm, für die ich alles aufgegeben hatte, blieben nur die kleine Wohnung, die Meerschweinchen und das schreckliche Dasein als Lehrer.

Auf die Schulreise ging ich mit den Kindern nach Luzern. Ins Verkehrshaus zu den alten Autos und Flugzeugen, wie es schon mein Vater mit mir getan hatte, als ich in ihrem Alter war. Ich hatte ihn angerufen, damit er uns vor dem Museum am See treffen konnte, wo wir unser Picknick aßen. Er war so entzückt, dass er die Fotokamera nicht sinken lassen wollte. Sein lange verloren geglaubter Sohn war doch noch Lehrer geworden. Aber da täuschte er sich.

Fünf Wochen später war der Spuk vorbei. Ich schmiss den ganzen Lehrerkram hin, machte mir eine Kanne Kaffee und nahm die Meerschweinchen mit aufs Sofa, um dort rauchend über meine Zukunft nachzudenken. So sehr ich auch meine Fantasie durch die neue Realität wandern ließ, ich fand keine Vorstellung von einer Tätigkeit, die mich begeistern konnte. Ohne Partner und ohne Tätigkeit war ich dankbar, dass mich meine Freunde abends und am Wochenende von der neuen Leere ablenkten.

Mit ihnen fuhr ich nach Basel an den »Tuntenball«, eine jährliche Party für Schwule. Dort traf ich an der Bar auf jemanden, den ich aus der Vergangenheit kannte. Marico und ich waren in derselben Schweizer Gruppe gewesen, die nach Denver zum »Weltjugendtag« gereist war. Wir waren beide noch Teenager gewesen und von unseren religiösen Eltern hingeschickt worden, um dort zusammen mit Jugendlichen aus aller Welt eine Messe mit dem Papst zu feiern. Heute begegneten wir uns wieder, beide aus der Erziehung in einen Zustand entlassen, der es uns ermöglichte, sein zu dürfen, was wir waren.

Ich hätte nie gedacht, dass du auch schwul bist, sagte Marico, nachdem er mich umarmt hatte. Als ehemalige Unterdrückte aus demselben Gefängnis fühlten wir uns so verbunden, dass in dieser Nacht in Basel eine Freundschaft begann, die mir etwas bedeutete.

Tage später besuchte ich Marico bei ihm zu Hause. Ich ließ mir etwas zeigen, von dem ich noch nie zuvor gehört hatte. Er nannte es Internet. Er startete eine beige Kiste, auf der sich ein Logo mit einem angebissenen Apfel befand. Auf einem Bildschirm, der in seiner Tiefe den ganzen Schreibtisch einnahm, begann es zu leben. Marico zeigte mir etwas, das ich mir nie hätte vorstellen können; eine direkte Verbindung zur ganzen Welt. Auf dem Bildschirm baute sich auf, was irgendjemand in weiter Ferne kreiert hatte. Es war wie Magie. Marico erklärte mir, dass alles über das kleine Gerät kam, das mit der Telefonleitung verbunden war und seltsame Geräusche gemacht hatte, bevor der ganze Zauber begonnen hatte. Aber die Technik interessierte mich weniger, mir ging es um den Inhalt, der von fern auf diesem unscheinbaren Bildschirm zusammenkam. Es war wenig, aber es entfachte ein Feuer in mir, das mich nicht mehr in Ruhe ließ.

Ich suchte eine Berufsberaterin auf und sagte ihr, dass ich etwas arbeiten wolle, das mit dem Internet zu tun habe. Ich versuchte, ihr zu erklären, was das war. Ich erzählte auch, dass ich immer an die Kunsthochschule hatte gehen wollen, es mir die Eltern aber nicht erlaubt hatten. Es standen die Worte Internet und Grafik im Raum, und sie fing an, in ihren vielen Unterlagen und Listen zu blättern, bis sie tatsächlich etwas fand: eine kleine, private Schule, die mich zu etwas ausbilden konnte, was sich Multimedia-Designer nannte. Etwas ganz Neues, etwas, das es offiziell noch gar nicht gab, wie sie sagte.

Mit einer Telefonnummer bewaffnet, eilte ich in eine Welt hinaus, die wieder zu vibrieren schien. Ich trat aus der Orientierungslosigkeit auf einen Weg, auf dem es wieder in eine Richtung ging. Alles würde erreichbar sein, ohne dass ich ein Flugzeug besteigen musste. Die ganze Welt war plötzlich nur noch einen Mausklick entfernt, wenn man das nötige Material besaß.

Ich rief meinen Vater an, und wir trafen uns in der Innenstadt in einem Café, denn in meinem privaten Raum wollte ich ihn nicht haben. Nicht nach allem, was in der Vergangenheit geschehen war. Ich erzählte ihm von dieser Schule, die ich besuchen wollte. Zu meinem Erstaunen war er bereit, mich finanziell zu unterstützen. Er gab zu, dass es vielleicht nicht ideal gewesen war, mich zu einer Ausbildung zu zwingen, die mir gar nicht entsprochen hatte. Es war das erste Mal, dass er so etwas wie einen Fehler seitens der Eltern in Betracht zog. Er war bereit, mir eine dieser magischen Kisten zu kaufen.

Nachdem ich das Material aus den Boxen geholt hatte, schaffte ich es, alle Kabel und Geräte so zusammenzuschließen, dass auch bei mir zu Hause die Magie begann. Ich rief Marico an und erzählte ihm, dass ich jetzt auch zu den Auserwählten gehöre. Er kam nach Zürich, und zusammen pilgerten wir zu der kleinen Schule, die mir die Berufsberaterin angegeben hatte. Ein Mann zeigte uns, was man mit der beigen Kiste alles machen konnte. Es war mehr, als ich mir je hätte vorstellen können. Ich sah in dem Mann einen Zauberer, der die Welt erobert hatte, und ich wollte, dass er mir seine Fähigkeiten vermittelte, damit ich es ihm gleichtun konnte. Marico und ich gaben ihm das Geld, das er dafür verlangte, und gingen fünfmal die Woche abends in die Schule. Der Mann weihte uns in seine Geheimnisse ein. Ich hörte aufmerksam zu und wollte nichts mehr, als endlich selbst etwas kreieren, das ich mit der Welt teilen konnte.

Der Lehrer zeigte uns nicht nur, wie man eine Website gestaltete, wir lernten auch, dreidimensionale Animationen herzustellen und selbst Anwendungen zu programmieren. Ich war so begeistert, dass der Unterricht nicht lange genug dauern konnte. Ich kopierte mir die Programme, um auch zu Hause arbeiten zu können. Nach dem Installieren realisierte ich, dass ich mit den Programmen auch ein Virus mitgenommen hatte, das meinen Computer lahmlegte, was mich in Panik versetzte und schlaflos machte, bis er endlich wieder funktionierte.

Mit Marico teilte ich nicht nur diese neue Leidenschaft, wir gingen auch zusammen ins Bett. Die gemeinsame Vergangenheit und das geteilte Interesse machten ihn attraktiv für mich. Mir fehlte nur noch ein kleiner Job, damit wieder etwas Geld hereinkam. Ich wollte in die Werbung. Ich wollte einer dieser Kreativen sein, von denen ich in der Schule gehört hatte. Ich fand einen Halbtagsjob bei einer kleinen Werbeagentur als Assistent der Inhaberin. Sie war nicht nur Werbefachfrau, sie vertrat auch einige Fotografen.

Ursula war eine hünenhafte und laute Frau. Sie hatte breitere Hände als ich und musste sich die Schuhe in Deutschland kaufen, weil es bei uns ihre Größe nicht gab. Ich stand jeden Morgen früh auf, um vor ihr da zu sein. So konnte ich in Ruhe bei einem Kaffee alles erledigen, was anstand, bevor ihr großes schwarzes Auto vorfuhr und ihre geballte Energie die Ruhe zerriss. Draußen war Frühling, und die Vögel sangen in den Bäumen vor dem Haus. Ursula brüllte, wenn der Drucker nicht funktionierte. Sie warf mir vor, dass ich Papiere verlegt hatte, bis ich sie auf ihrem eigenen Schreibtisch fand. Ich war der Einzige, der es aushielt und nicht kündigte. Wer nicht selbst kündigte, den warf sie raus. Nur ich blieb. Ich kam gut mit ihrem Stil klar, hatte ich doch einundzwanzig Jahre mit einer rabiaten Mutter verbracht. Ursula schätzte meine Gelassenheit, ich ließ sie toben, bis sie auf der Toilette ihren Joint geraucht und sich beruhigt hatte.

Nach der Arbeit in der Werbeagentur begann der schöne Teil des Tages. Ich bastelte an meiner ganz eigenen Website. Ich probierte alles aus, was irgendwie möglich war. Ich fühlte mich als Pionier und war süchtig wie ein Junkie. Ich aß vor dem Computer und schaltete ihn nur aus, um zur Schule zu eilen oder ein paar Stunden zu schlafen.

In der Schule war ich der Liebling des Lehrers. Ich zeigte ihm, was ich in der Freizeit kreiert hatte, und er begann mich in die höchsten Geheimnisse einzuweihen. Die Ausbildung war in Kurse unterteilt, nach deren Abschluss wir jeweils ein kleines Diplom nach Hause nehmen konnten. So wuchsen meine Kenntnisse, bis mir der Lehrer nichts mehr beibringen konnte und wir uns auf Augenhöhe austauschen konnten. Ich fühlte mich mächtig. Ich war bewaffnet mit neuen Fähigkeiten und hatte den Kopf voller Ideen.

Zusammen mit einem schwulen Bekannten gründete ich eine Gruppe, die wir »Netzwerk« nannten. Wir mieteten einen Saal in einem schicken Hotel beim Bahnhof und versammelten alle Menschen, die wir kannten. Wir wollten das Internet populär machen und an möglichst vielen öffentlichen Orten Internetstationen aufbauen, die jedem zugänglich sein sollten. Viel Zeit für diese neue Gruppe hatte ich nicht, denn das Jahr war schnell vergangen, es war Winter geworden, und meine Ausbildung war zu Ende.

Ich wusste von einer Agentur, die besonders einflussreich war und in der die besten Experten versammelt waren. Ich bewarb mich, und als ich keine Antwort bekam, bombardierte ich sie mit Briefen, bis sich endlich jemand meldete und mir einen Termin gab. Ich betrat die heiligen Hallen und bekam einen Job. Ich war glücklich, in diese exklusive Welt eingelassen zu werden.

Ursula war traurig, als ich kündigte. Sie lud mich zu sich nach Hause ein und kochte mir Teigwaren mit Trüffeln. Bis an diesem Abend hatte ich nicht gewusst, dass ich allergisch auf Trüffel bin. Ich übergab mich in der Toilette und musste mich mit dem Champagner begnügen, den sie fleißig nachzuschenken bereit war.

Ich trat in die Agentur und lächelte der elegant gekleideten Empfangsdame zu. Der Boden war frisch gebohnert, und als wäre es eine Kirche aus der Zukunft, war alles futuristisch pompös und nicht von dieser Welt. Es gab sogar einen Roboterhund, der selbständig durch die riesige Halle wedelte. Von den schicken, schwarz glänzenden Tischen war irgendwo einer für mich reserviert. Ich fand ihn im ersten Stock, wo die Projektleiter saßen. Es war lähmend still. Mein Ziel war klar, ich wollte schnell in die Halle im Erdgeschoss umziehen, dorthin, wo sich der Motor des Ganzen befand, wo die Kreativen walteten und es im Hintergrund Musik gab.

Am Tisch neben mir saß eine hübsche junge Frau mit langen blonden Haaren. Anna war wie ihre Kollegen gut gekleidet, war es doch ihr Job, die wahnsinnig teuren Produkte der Agentur an den Mann zu bringen. Sie verriet mir, wie viel sie für eine Website verlangten: fast eine Million Schweizer Franken. Im ersten Stock waren alle mit Kostenvoranschlägen und Kundenbetreuung beschäftigt. Die Geschäftsleitung herrschte hinter einer dicken Glaswand, und man hörte nichts, wenn sich die Münder der Herren in den schwarzen Anzügen bewegten.

Während man sich oben um das Geld kümmerte, veranstalteten die Kreativen im Erdgeschoss ein wildes Treiben. Sie wirkten in dieser museumsartigen, sterilen Umgebung wie übermütige, laute Kinder. Mir reichte man oben dicke Bündel Papiere mit Konzepten, die ich auf Fehler zu kontrollieren hatte. Ich las, und in meinem Kopf entstanden zusätzliche Ideen, die ich der Leitung mitteilte. Ich war genug selbstbewusst, um nicht lange durchsehen zu wollen, was andere kreiert hatten. Ich wollte selbst Konzepte schreiben.

Die Herren erkannten in mir Potenzial und ließen mich endlich zu den Kreativen. Mein Job war es, Ideen für die neuen Projekte auszudenken, sie elegant auf Papier festzuhalten und später möglichst überzeugend den Kunden zu präsentieren. Wenn ich gut war, bedeutete das viel Geld für die Agentur. Damit ich nach Erfolg aussah, brauchte ich die entsprechende Kleidung. Ich suchte die schicken Läden in Zürich auf, um mir Klamotten von Designern zu kaufen, für die ich früher über den Laufsteg gelaufen war. Von früh bis spät saß ich aufgedonnert unter den Freaks und trank Unmengen an Kaffee. Ich rauchte so viel, dass ich den Aschenbecher mehrmals täglich leeren musste. Ich rotierte auf Hochtouren, und meine Augen, die fast pausenlos auf den Bildschirm starrten, waren müde.

Es war wieder Frühling, aber dieses Mal erreichte mich der Gesang der Vögel nicht. Die Außenwelt war kaum mehr vorhanden, so sehr war ich in meine Arbeit vertieft. Als wäre ich wahnsinnig schnell in einem Sportwagen auf der Überholspur unterwegs, hoch konzentriert, denn jede unbedachte Bewegung könnte einen fatalen Crash nach sich ziehen. Bei den Präsentationen stand ich vor die Geschäftsleitungen diverser riesiger Firmen, denn unsere Produkte konnten sich nur die ganz Großen leisten, die Telekommunikationsunternehmen, das Fernsehen, die Banken und Versicherungen. Die Strategen hatten das Internet entdeckt und wie ich in ihm das Potenzial gefunden, das alles bisher Erfundene in den Schatten stellte. Ich war so überzeugt von meiner Arbeit, dass meine Begeisterung ansteckend wirkte. Die Kunden bezahlten viel Geld für meine Arbeit, und die Werbewelt verlieh mir zwei Preise.

Mein Erfolg war der Erfolg der Agentur, die Geschäftsleitung zeigte sich zufrieden, und der Besitzer wurde auf mich aufmerksam. Es war ein älterer Mann, der keine Ahnung davon hatte, was seine Firma eigentlich genau machte. Für ihn war nur wichtig, dass Geld generiert wurde und er bald mit uns an die Börse gehen konnte. Ich ging mit ihm in ein teures Restaurant am See, um ihm eine Idee zu präsentieren. Ich wollte den Inhalt für die Websites kreieren, die wir wie am Fließband produzierten. Vom Supermarkt bis zur Reisebürokette sprachen alle von Lifestyle. Wir hatten ihnen die Regale dafür gebaut. Nun sollten sie selbst das entsprechende Material einfüllen. Doch sie erwiesen sich als unfähig dazu, also musste das jemand für sie übernehmen.

Ich wollte noch einen Schritt weiter gehen und sprach von Video. Daran musste ich immer denken, wenn die anderen von Lifestyle sprachen; an bewegte Bilder mit Ton. Ich wollte das Statische im Internet überwinden. Nur war Video kaum ein Thema, weil die Verbindungen so langsam waren. Trotzdem wollte ich die Websites unserer Kunden in kleine Videoportale verwandeln. Ich redete und warf meine Arme in die Luft. Der alte Mann hörte zu und hob immer wieder das Glas, um einen großen Schluck Wein zu trinken. Klingt gut, sagte er.

Der Mann wusste, dass es Investitionen brauchte, um weiterhin marktführend zu bleiben. Er ließ mich frei eine eigene Abteilung gründen, Leute von intern auswählen und von außerhalb rekrutieren. Ich aß schnell das französische Gericht fertig und brachte den angetrunkenen Agenturboss zu seinem großen Wagen. Meine Welt hatte sich schon wieder verändert.

Die Jahrtausendwende war vorbei, die moderne Zeit hatte ihr entgegen der Skepsis gewisser Leute standgehalten. Es war wieder Sommer, die Zürcher spazierten am See entlang, und die Flugzeuge malten Streifen an den blauen Himmel. Ich glaubte nicht mehr, in die Ferne reisen zu müssen, um die Welt erobern zu können. Dank dem Internet waren wir alle an Ort und Stelle zu kleinen Göttern geworden, die helfen konnten, das Existierende zu erweitern und alte Grenzen zu überwinden.

Als Erstes galt es, ein gutes Team zusammenzustellen. Ich entschied mich für einen Programmierer, den ich bis anhin besonders geschätzt hatte. Weiter holte ich den schwulen Kumpel ins Boot, mit dem ich damals das »Netzwerk« gegründet hatte. Die Tochter des Agenturbesitzers assistierte uns. Ich gab meinen Tisch in der Agentur frei, denn ich wollte möglichst beweglich sein. Ich sah es als unsere Pflicht, nicht nur beweglich zu sein, sondern auch unglaublich innovativ. Jetzt galt es für unsere kleine Truppe, die Technik schnell weiterzuentwickeln, damit die Kisten in den Büros und Wohnungen der Leute die Videos empfangen konnten, die wir kreieren wollten.

Ich wählte einen Anzug, stieg in den Zug und fuhr zu der Firma, welche die modernsten Server des Landes besaß. Ich konnte mich mit ihnen einigen, an unserem Projekt etwas ganz Neues namens »Streaming« auszuprobieren. Das bedeutete, dass die Leute ein Video bereits beim Herunterladen anschauen konnten und nicht warten mussten, bis es auf dem Computer gespeichert war.

Während mein Programmierer damit beschäftigt war, alles vorzubereiten, machte ich mich auf die Suche nach einer Firma, bei der wir die Videos produzieren konnten. Ich fand eine, die mit Preisen überhäuft war und sich in einer alten Kirche befand. Nur das Beste war gut genug, und um sie so begeistern zu können, dass sie Geld und Zeit in uns investierten, präsentierte ich das Projekt, als handle es sich um eine Maschine, die Gold fabrizieren konnte. Ich war erfolgreich, und wir waren endlich so weit, dass wir die Videos selbst angehen konnten. Doch zuerst klapperte ich noch die Musiklabels und -vertriebe ab, damit sie uns die Musik kostenlos überließen, wenn wir den Namen des Künstlers aufführten.

Als sich das ganze Team das erste Mal im Studio versammelte, hatten wir über sechzig Partnerfirmen. Ich hatte einige besonders kleine Videokameras besorgt und eine Gruppe zusammengestellt, die das Rohmaterial filmen sollte. Lifestyle, sagte ich, unsere Videos müssen Lifestyle zeigen. Wir planten ein wöchentliches Video, bestehend aus fünf Beiträgen, die nicht länger als eine Minute sein sollten. Dem Programmierer gelang es zwar, die Videos so zu komprimieren, dass sie möglichst klein waren, trotzdem waren diese fünf Minuten eine wahnsinnig große Datenmenge für die lahmen Verbindungen.

Während die anderen sich an die Videoproduktionen machten, musste ich dafür sorgen, dass sie überhaupt irgendwo gezeigt wurden. Ich warf mich wieder in den schicken Anzug und vereinbarte Termine bei Fernsehsendern und großen Webportalen. Ich ging noch weiter und fragte auch Magazine und Radiosender an. Ich wollte, dass unser Produkt einfach überall präsent war, sei es als Video, Ton oder nur als Schrift. So entstand ein großes Netzwerk, durch das unser Output möglichst viele Zuschauer erreichen konnte. Es gelang mir sogar, eine österreichische Fluggesellschaft zu überreden, unsere Videos auf den kleinen Bildschirmen in ihren Flugzeugen zu zeigen.

Ich fuhr mit einem riesigen Lastwagen voller Ideen, Visionen und Vorsätzen auf der Überholspur, und es war nur eine Frage der Zeit, bis der Motor überhitzt sein würde und das Ganze im Straßengraben landete. Ich eilte mit rotem Kopf ins Studio, um mir die ersten Resultate anzusehen. Die aufwendig und schnell geschnittenen Videobeiträge gefielen mir noch nicht. Sie mussten noch heftiger und bunter sein, noch lauter und wilder. Der Inhalt war mir dabei nicht so wichtig, ob Konzertmitschnitt, Partyaufnahmen oder ein Interview mit einem Prominenten, ich wollte nicht weniger als Kunst auf höchstem Niveau.

Der Programmierer hatte eine Vorlage gebaut, die wir nur noch in die Websites einbauen mussten, und schon konnten wir die Welt aufschrecken mit unseren Blitzen, die wie ein Stroboskopgewitter alles durcheinanderwirbeln sollten, was vorher so langweilig vor den Bildschirmen gedöst hatte. Wenn jemand sagte, dass er den Inhalt der Videos nicht verstehe, antwortete ich: Dann bist du zu alt. Ich hielt mich für ein Genie, und über meine Arbeit gab es nichts zu diskutieren.

Als die erste Sendung auf all den Kanälen online stand, setzten wir uns in der Agentur auf die teuren Sofas und tranken Champagner. Ohne dass es mir bewusst war, hatte ich wieder abgehoben und wiederum den Kontakt zum Boden verloren. Ich feierte, obwohl ich hätte weinen sollen. Ich befand mich wieder weit weg von der Person, die nach Hause kommen wollte, um einfach nur zu sein und das simple Leben zu genießen. Ich war wieder dem ganz Großen hinterhergerannt, und als ich es fassen konnte, erwies es sich von neuem als zu gewaltig für mich.

Ich rannte wie eine Naturgewalt in die Agentur an irgendwelche Sitzungen und wirbelte wieder hinaus, um die S-Bahn zu besteigen, die mich zum Hauptbahnhof bringen sollte, wo ich zur Tram rennen würde, um möglichst schnell zu Hause weiterarbeiten zu können. Die Türen der S-Bahn schlossen sich, und der Zug setzte sich in Bewegung. Die Fahrt war unglaublich langsam, es fühlte sich an, als würde mir Zeit geraubt. Mein Geist war schneller als mein Körper, ich ging schon all die Aufgaben durch, die ich heute noch zu erledigen hatte.

Da passierte es, ohne Vorwarnung und ohne dass ich etwas dagegen tun konnte: Meine Beine wurden weich. Ich krallte mich an eine Stange und stürzte am Hauptbahnhof aus der Bahn. Ich schaffte es noch, mich zu einer Sitzbank zu schleppen, bevor meine Beine ganz nachgaben. Es war ein Schock: Meine Beine versagten den Dienst. Da saß ich wie gelähmt, unfähig, wieder aufzustehen. Die Leute eilten an mir vorüber, als wäre nichts passiert. Ich holte mein Handy aus der Tasche und wählte die Nummer eines Freundes. Ich kann nicht mehr laufen, sagte ich mit leiser Stimme ins Telefon. Er versprach, mich abzuholen. Es war Frühling 2001, die Vögel hatten wieder angefangen zu jubilieren, und ich hatte die Kontrolle über mich verloren. Ich musste mich wie ein alter Mann stützen lassen, als mich der Freund zum Taxistand brachte, mitten durch die Masse an Menschen, die sich durch die Bahnhofshalle wälzte. Als das Taxi vor dem Haus hielt, war der Horror vorbei, die Beine trugen mich wieder, und ich konnte die Treppe hinaufrennen. Als wäre alles nur ein böser Traum gewesen. Ich war erleichtert und versuchte, den Zwischenfall zu ignorieren. Ich entschied mich, einfach nicht mehr die Bahn zu nehmen. Sie war mir sowieso zu langsam.

Bei der Untersuchung am nächsten Morgen in der Universitätsklinik fanden die Ärzte nichts. Egal, was sie überprüften, es hieß, ich sei kerngesund. Eine Woche später schob man mich in die Röhre für eine Computertomografie des Gehirns. Danach waren sich die Ärzte sicher. Was in der Bahn und am Hauptbahnhof mit mir passiert war, konnte keine körperliche Ursache haben. Was dann? Na ja, dachte ich, Hauptsache, mein Körper war in Ordnung.

Ich fuhr mit Taxis von Termin zu Termin, bis mich eines Abends unterwegs zum Studio eine unerträgliche Übelkeit überkam. Bitte halten Sie an, sagte ich zum Fahrer, der sofort aus dem Verkehr auszuscheren versuchte. Da standen wir mit aktiviertem Pannenblinker am Straßenrand, und ich konnte einfach nicht fassen, was gerade mit mir passierte. Panik durchströmte mich in heftigen Wellen. Ich konnte nicht mehr klar denken. Mein Magen war eine Faust. Ich kurbelte das Fenster herunter und sog gierig an der Luft, die meine Lungen nicht mehr erreichen wollte. Hier festzusitzen, war furchtbar, aber ich wollte nicht aussteigen. Was sollte ich tun, mich etwa auf den Gehweg legen? Bitte fahren Sie mich zum Notfall in der Universitätsklinik. Die Fahrt ging weiter, wenn auch quälend langsam, weil immer wieder eine Ampel vor uns auf Rot sprang. Ich krallte meine Fingernägel in die Handballen. Ich fühlte mich so elend, dass ich nicht einmal mehr an meinen Termin im Studio dachte. Plötzlich war alles egal, es ging ums nackte Überleben.

Ich lag in der Notaufnahme und versuchte einem Krankenpfleger zu erklären, in welcher Notlage ich mich befand. Ich kriege keine Luft, sagte ich. Dann kamen die Tränen. Anschließend fühlte ich mich etwas besser. Ich war an einem sicheren Ort, wo man mich nicht einfach sterben ließ. Ich dachte an das Team im Studio und schrieb ihnen mit dem Handy eine Nachricht. Ich wartete darauf, dass sich ein Arzt um mich kümmerte. Hinter einem Vorhang hörte ich jemanden flüstern. Dann war es ganz still. Als wäre die Zeit stehen geblieben. Ich war müde, und die Anspannung löste sich von mir. War ich am Sterben?

Drei Stunden später war ich wieder in meiner Wohnung. Ich hatte meine Beschwerden zwei verschiedenen Ärzten vorgetragen, und sie hatten mich einfach weggeschickt. Sie hatten gesagt, ich solle weniger arbeiten.

Ein Taxi bestieg ich nicht mehr, aus Angst vor neuer Panik. Ich war gefangen in einem Radius, den ich zu Fuß gehen konnte. Die Sitzungen fanden jetzt bei mir zu Hause statt. Das teure schwarze Auto des Agenturbesitzers fuhr vor, und er trat in meine kleine, mehr als bescheidene Wohnung. Er hatte Bier mitgebracht, aber das nützte nichts. Er verstand mein Problem nicht.

Das Haus befand sich an einer dicht befahrenen Straße, hinter der die Limmat lag. Ich setzte mich an ihr Ufer, und anstatt wie die anderen den Frühling zu genießen und die Füße ins Wasser zu halten, überkam mich wieder Panik. Ich rannte bei Rot über die Straße, zwischen den Autos hindurch, zurück in die sichere Wohnung, in der ich ab jetzt gefangen war.

Freunde brachten mir regelmäßig Lebensmittel, damit ich nicht verhungerte. Und das absolut Wichtigste: Zigaretten. Ich rauchte am Fenster und sah die Außenwelt vor mir verschwimmen. Ich arbeitete, bis mich auch am Computer Panik überkam. Ich schrieb mit letzter Kraft einen Status quo zum Projekt und letzte Anweisungen ans Team. Ich nahm die Kiste vom Strom, und keine Macht der Welt hätte mich zum Weiterarbeiten bewegen können. Ich stopfte meine Designerkleidung in große Abfallsäcke. Als könnte ich das Problem einfach entsorgen. Ich meldete mich ab und empfing niemanden mehr von der Agentur und meinem Team.

Mein Umfeld machte sich Sorgen. Auch Lenny, mit dem ich einst Hollywood erobern wollte und mit dem ich wieder Kontakt pflegte, seit Jonas mich verlassen hatte. Er kam mit einer Begleitung. Es war ein Inder in einem weißen Gewand. Ich wusste, dass Lenny seit kurzem meditierte und in seiner Wohnung ganze Bündel Räucherstäbchen anzündete. Aber dass er einen Guru hatte, den er nun in meine Wohnung mitbrachte, das hätte ich nicht gedacht. Ich stand mit Lenny am Fenster, während der Guru mehrmals durch meine Wohnung ging. Er kam lächelnd zu uns und berichtete, dass er im Schlafzimmer im Boden unter dem Schreibtisch ein Loch für böse Geister gefunden habe. Ich müsse etwas aus Kupfer daraufstellen. Ich ging sofort ins Schlafzimmer und kroch unter den Schreibtisch, ein Loch fand ich nicht.

Ein Freund gab mir die Telefonnummer einer Hellseherin aus Frankreich. Ich rief sie an, und in gebrochenem Englisch erklärte sie mir, dass sie jetzt meine Wohnung aus der Ferne reinige. Sie fragte, ob ich einen Unterschied spüre. Nein, sagte ich.

Ein anderer Freund schickte einen Naturarzt zu mir. Er kam mit einem Hund, der eine Adlerfeder am Hals trug, und erzählte, dass er lange bei den Indianern gelebt habe. Er hörte mir zu, rollte sich einen Joint und gab mir irgendwelche Kügelchen, die ich täglich einnehmen sollte.

Eine Körpertherapeutin schleppte viel Material durch meine Tür und legte ein kaltes, flaches Mikrofon auf meinen Bauch. Sie begann mich an den Füßen zu berühren, und sofort brüllte es aus dem kleinen Lautsprecher, der mit dem Mikrofon verbunden war. Nun war es an ihr, das irgendwie zu interpretieren.

Schließlich kamen noch zwei Männer vom Elektrosmog-Büro. Sie liefen mit lustigen Geräten durch die Wohnung und machten irgendwelche Messungen. Sie schlossen Kabel an meine Finger, und es piepste laut. Unglaublich, sagte der ältere, solche Werte hatten wir noch nie. Er sagte, dass ich schnell ausziehen müsse. Als ich ihm erklärte, dass das nicht möglich war, verkaufte er mir eine spezielle Unterlage für unter das Bett. Sie sollte den Elektrosmog zumindest dann von mir fernhalten, wenn ich schlief.

Alle wollten mir helfen, aber mein Untergang war nicht aufzuhalten. Ich freundete mich mit dem Gedanken an, dass das Problem vielleicht doch in meinem Kopf war und keinen organischen Ursprung hatte. Ich nahm das Telefonbuch und rief einige Psychiater an, bis ich einen fand, der Hausbesuche machte. Er kam ein paar Tage später, setzte sich zu mir auf das rote Sofa und hörte mir kurz zu, bevor er meinte, dass wir wieder einen Weltkrieg brauchten. Den Leuten geht es einfach viel zu gut, erklärte er. Er verabschiedete sich und hinterließ mir eine Schachtel Psychopharmaka.

auferstehung

Als ich keine Luft mehr kriegte, erwachte ich. Hände drückten meinen Hals zusammen, ein schweres Gewicht lag auf mir. Ich wurde gerade umgebracht. Schlagartig war ich wach. Adrenalin schoss durch meinen Körper. Ich riss die Augen auf, schlug um mich, wand mich. Meine Hände kriegten nichts zu fassen, und mein Blick peitschte durch den düsteren Raum. Er fand keinen Eindringling, keinen Angreifer. Da war niemand, da war nichts. Ich richtete mich auf und schnappte nach Luft. Es gab keine. Als wäre ich im Weltall, war das Elementarste weg, das mich am Leben erhalten konnte. Dass Luft eigentlich da war, das wusste ich. Ich wusste auch, dass es keine physische Gewalt war, die mich würgte.

Ich war verloren. Wie konnte ich kämpfen, wenn der Gegner unsichtbar, nicht fassbar war? Ich gab das Mich-Winden und Um-mich-Schlagen auf und drehte mich auf den Bauch, presste das Gesicht ins Kissen, biss rein. Ich stand an der Wand, konfrontiert mit einer Gewalt, die übermächtig war. Mir blieb nichts anderes übrig, als wehrlos zu ertragen, was mit mir passierte, und zu schauen, ob ich wirklich starb oder ob es auch dieses Mal wieder vorbeiging. Ich wusste, dass ich gegen diese Macht nicht ankam.

Flucht war unmöglich, das Übel war in mir, das wusste ich. Ich war vor ihm geflohen, bis ich in meiner Wohnung gefangen war. Der Feind war mir nach Hause gefolgt und hatte mich eingekreist. Er war immer näher gekommen und in mich eingedrungen. Nur der Trieb, zu leben, ließ mich noch dagegen ankämpfen. Ich biss fester ins Kissen. Ich atmete hektisch und griff nach dem Leben, das mich zu verlassen drohte. Ich vermutete, dass mich die Situation selbst töten würde, ganz ohne Angreifer.

Ich hielt es nicht aus. Es war Folter ohne Folterer. Der Kampf verbrannte mich. Mein Wehren ging ins Leere. Es schien, als wäre der Tod die einzige Lösung für diesen Zustand. Als wäre Frieden nur im Tod möglich, weil das Leben nichts als qualvolles Sterben war. Ich hätte loslassen müssen, was mich zu ersticken drohte. Aber das ging nicht, ich war doch nur dieser eine Körper.

Lange konnte ich nicht mehr kämpfen, die Kräfte verließen mich. Das Wehren erzeugte Druck, bis mein Kopf voll war. Ich vibrierte, hyperventilierte, die Reifen drehten und drehten, doch das Fahrzeug stand still. Als der Motor blockierte, brach Erschöpfung über mich herein. Ich war gezwungen, aufzugeben und das Andere gewinnen zu lassen. Das Aufgeben war meine Erlösung, das Würgen lockerte sich. Die Luft fand wieder einen Weg in meine Lungenflügel. Ich zitterte, ich war klatschnass. Mein Magen hatte sich zu einem Klumpen zusammengeballt, meine Hände krampften sich zusammen – als hätten sie nicht verstanden, dass keine Faust mich retten konnte. Ich lag innerlich blutend auf dem Schlachtfeld eines Kampfes, den niemand gewonnen hatte.

Für Erholung blieb wenig Raum, ich wusste, dass es nur eine Frage der Zeit war, bis es wieder anfangen würde. Ich lockerte meinen Biss ins Kissen, und mein Kopf kippte zur Seite; ich atmete. Der Körper realisierte, dass der Kampf vorbei war. Er sackte in sich zusammen. Als wäre das Leben nach dem Überleben aus mir gewichen, fiel ich ohne Kontrolle in die Matratze hinein, durch sie hindurch und viele Stockwerke hinunter ins Bodenlose, tief in die Erde hinein.

Im Fallen spürte ich das Leben in mich zurückströmen. Das Gefühl schmerzte, aber der Fall hörte auf, und ich schwebte kurz, bis ich zurück im Bett landete, in dem ich angegriffen worden war. Dort fand ich mich verloren. Nicht verloren in dieser Welt, sondern verloren in mir selbst. Vielleicht war es die Basis, die kaputt war, das Fundament des Hauses. Bald würde alles zusammenkrachen, was schon wackelte und von der Schwerkraft nach unten gezogen wurde, aber wie durch ein Wunder noch stand und sich mit letzter Kraft gegen sein Schicksal zu wehren vermochte.

Ich nahm die Außenwelt wieder wahr und ließ mich von ihr ablenken. Die Verkrampfung löste sich ein wenig. Die Decke war so schwer, als wollte sie mich begraben. Ich schob sie weg. Nass und nackt lag ich da und atmete ein und aus. Mein Blick füllte sich mit Inhalt, ich sah eine Spinnwebe an der Decke; ohne Spinne, verlassen. Licht berührte mich, ich wollte ihm folgen. Es führte aus dem Bett über den Boden zwischen Stapeln mit Magazinen und benutzter Wäsche hindurch zur Zimmertür, die offen stand. Als führte eine Spur hinaus in die Wirklichkeit, reizte und ängstigte mich dieser Ausgang, der lockte, aber auch drohte: Komm heraus aus der Höhle, die dir Schutz versprochen hat und jetzt zur Hölle geworden ist.

Erschöpft sammelte ich meine Kräfte und stand auf. Ich griff nach einer Unterhose. Die Last meines Daseins sank aus meinem Kopf in die Füße, und ich schleppte mich über den Boden Richtung Tür. Ich war wieder auf der Flucht. Meine Beine trugen kaum, was von mir übrig geblieben war. Als würde ich auf eine dicht befahrene Straße treten, zögerte ich kurz, bevor ich die Bühne bestieg und mich das Leben wie ein Scheinwerferlicht erfasste.

Es war Mittag. Freitag, der 27. Juli 2001. Ich war siebenundzwanzig Jahre alt. Die Fenster waren hell, die Sonne schien, es war Sommer, es blieben noch sechs Wochen bis 9/11.

Das Licht des Kühlschranks beleuchtete kurz mein Gesicht, bevor ich mit einer Karotte in der Hand an den Käfig trat, ihn öffnete und von Gefangenen angegriffen wurde, die von mir abhängig waren. Ich setzte mich auf den kühlen Linoleumboden und schaute zu, wie die Meerschweinchen Fetzen aus der Karotte rissen. Das Bild drang kaum in meinen Kopf. Die Meerschweinchen waren die Freunde des Kindes, das ich mal gewesen war. Ein Überbleibsel einer Kindheit, deren kleine Magie ich herüberzuretten versuchte, indem ich mir als Erwachsener selbst diese Tiere kaufte, mit denen ich einst meine Verwahrung zu Hause geteilt hatte. Ich war ein Kind, das aus der Gefangenschaft in die Freiheit entlassen worden und in der Freiheit verloren gegangen war.

Ich ließ den getrockneten Kaffee in die Tasse rieseln, schüttete Milch dazu und stoppte das aggressive Fauchen des Wasserkochers. Ich trat ans Fenster und öffnete es. Die Welt schwang herein, traf mich wie eine Faust ins Gesicht, es knallte und donnerte. Kriegsgeräusche. Die Außenwelt griff mich an. Die Geräusche waren Peitschenhiebe für meine erschöpfte Gestalt, die sich kurz an die Kaffeetasse klammerte, bis sie ihr zu schwer wurde und sie die Last auf den Sims stellte, wo sie hinunterrutschen und fallen könnte, hinunter in die so brutal nahe und doch so weit entfernte Welt.

Wie ein Kind, das nicht mitspielen darf, wie ein Aussätziger stand ich drei Stockwerke über der Straße und zündete mir eine Zigarette an. Rauch strömte aus meinem Mund und löste sich auf, sobald er aus dem Fenster drang. Wie ich, für die anderen nicht wahrnehmbar und kaum existierend, verloren über allem am Fenster. Was mir blieb, waren das Zuschauen und der Versuch, es auszuhalten. Es gab nur einen Weg in die Welt der anderen; den freien Fall. Ich hätte dem Sog nachgeben müssen, der mich aus dem Fenster ziehen wollte. Die Treppe hinabsteigen konnte ich nicht, bei jedem Tritt drückte es mir die Kehle noch mehr zu. Es gab keine andere Möglichkeit hinaus aus der Unerträglichkeit als Gewalt.

Die Sonne lachte für die anderen, mich schmerzte sie, griff meine an Dunkelheit gewöhnten Augen an. Die anderen fuhren mit ihren Autos und Fahrrädern friedlich die Straße entlang, kreuzten kurz den Blick eines Gefangenen und verließen die Bühne meiner Tragödie wieder, ohne zu wissen, dass sie sie überhaupt betreten hatten. Die Menschen auf dem Gehweg wirkten glücklich und frei. Sie genossen den Sommer. Wäre ich bloß wie sie gewesen. Jemand lachte brutal laut und ohrfeigte mich damit, der ich hier oben stand – außerhalb des Spielfeldes. Gäbe es bloß nicht diesen Druck, zu leben, und dieses Bedürfnis, dabei zu sein. Ich wollte es noch aushalten und zündete mir eine weitere Zigarette an.

Ich schloss das Fenster, schleppte die Kaffeetasse zum Sofa und legte mich hin. Der Versuch, mich zu entspannen, verspannte mich. Ich setzte mich auf, legte das Gesicht in die Hände. Ich war kein Krüppel, ich konnte laufen, ich war gesund. Hatte ich gedacht, bis ein Arzt sagte, dass es an der Psyche lag. Ich wusste gar nicht, was diese Psyche war. Ich dachte nicht, dass ich mehr als mein Körper war.

Deshalb gab es nur einen Weg; mit Gewalt gegen die Gewalt. Mein Frust, gefangen zu sein, wurde zu Wut. Ich musste raus hier. Der Weg nach unten war versperrt, also musste ich es nach oben versuchen. Oben hinaus, das wollte ich. Ausbrechen aus dem Gefängnis, und keine Möglichkeit sollte missachtet werden. Nach der Wut kam Trauer, doch ich gab ihr keinen Raum; auf in den Kampf, noch war nichts verloren. Ich musste mit voller Kraft aus dieser Ohnmacht ausbrechen. Ich plante meine Flucht. Ich musste das Haus verlassen, bevor es zusammenbrach. Wenn ich dabei auf dem Dach stand, überlebte ich vielleicht. Wie verrückt die Idee war, war mir nicht bewusst. Wie sollte ich mich lebend verlassen können, wenn der Tod eintrat?

Stufe um Stufe das Treppenhaus hinauf. Jeder Schritt als Schritt, der alles verändern sollte. Ich blickte zurück; da war sie, die Tür zu meinem Gefängnis, das mir auch Schutz versprach. Ich hatte es verlassen, um mir die Freiheit zurückzuerkämpfen, die mir abhandengekommen war. Ein Stockwerk hatte ich geschafft. Jetzt kamen die Leiter und die Luke, durch die ich den Kopf streckte wie aus einem U-Boot.

Ich wurde von der Sonne wie ein Feind mit grellem Licht bestraft. Ich drang in ein Reich ein, das nicht mehr für mich geschaffen war, mir nicht mehr offenstand, dessen Zutrittsberechtigung ich verloren hatte. Ich hievte meinen Körper auf das Flachdach, das Aufrichten schmerzte mich. Der Boden vibrierte, meine Sicht verschwamm. Ich ging ein paar Schritte und musste mich auf den aufgeheizten Metallboden setzen, weil mich meine Beine nicht tragen wollten. Der Boden verbrannte mich. Zurück, schrie mein Kopf. Hinunter durch die Luke in die sichere Gefangenschaft.

Doch so schnell wollte ich nicht aufgeben. Ich riss mich zusammen, stand wieder auf und schwankte über das Dach. Ich versuchte, die Sonnenattacke auszuhalten, kämpfte gegen den Schwindel und den Energieorkan, der mich angriff. Als würden sie mich vom Dach blasen wollen, drohten mich die Eindrücke wegzufegen. Ich sah all die Dächer der Stadt wie ein endloses Feld vor mir.

Mittendrin ich, allein, total verloren. Die Hitze brannte auf mich herunter, wurde vom Dach zurückgestrahlt; so stand ich in einem Ofen. Mein Gehirn heizte sich auf, und das Würgen begann wieder. Was ich hatte verlassen wollen, war mitgekommen; der unsichtbare und mächtige Feind, der mir keine andere Wahl ließ, als zu rennen, bis mich die Kräfte verließen und er sich wieder mit mir vereinen konnte. Ich stand noch auf dem Dach, einige ewige Sekunden lang, wie in einem Strobogewitter vergewaltigten mich die Bilder der Außenwelt, bis ich es nicht mehr aushalten konnte und der Spannung nachgeben musste, die mich wie mit einem lang gezogenen Gummiseil in die Tiefe zog.

In der Wohnung rannte ich durch die Räume und schrie mich innerlich wund. Zurück im Loch, wuchs wieder Wut in mir, ich spürte, wie die Bombe tickte. Ich war verzweifelt, und alles, was nach außen dringen konnte, war eine Träne. Ich landete im Wohnzimmer, die Hände an die Wand gedrückt. Ich presste auch gegen die Wand, was mir den Weg hinaus versperrte, meinen Kopf. Es war der Anfang vom Ende. Wenn ich jetzt keine Hilfe bekam, starb ich.

Ich suchte den Zettel, griff nach dem Telefon und wählte die Nummer, die ich noch nie gewählt hatte. Ich rief meine Mutter an. Sie war in Wien in der Zweitwohnung der Familie, weit weg, in einem anderen Land. Wie konnte sie mir helfen, gerade sie und gerade jetzt? Ich halte es nicht mehr aus, sagte ich. Sofort wurde ihr Ton ernst, sie wollte wissen, was los sei.

Mit letzter Kraft wiederholte ich: Ich halte es nicht mehr aus. Ich kann seit Monaten nicht aus der Wohnung, weil ich draußen ersticke. Und in der Wohnung ertrage ich es auch nicht, wie ein Tier eingesperrt. Die Ärzte sagen, ich sei gesund, es sei mein Kopf. Meine Mutter sagte: O nein, dann weinte ich.

Ich offenbarte mich der Person, vor der ich seit Jahren auf der Flucht war. Vor der Mutter, dem Ursprung, der Liebe und Gewalt meines Lebens. Wir weinten zusammen. Sie fragte: Was sollen wir bloß tun? Nichts, nichts können wir tun, sagte ich. Das Heulen schüttelte mich durch und schüttelte mich wach. Natürlich konnte mich meine Mutter nicht verstehen. Niemand konnte es. Ich verstand mich selbst nicht.

Nachdem ich aufgelegt hatte, sank ich auf den Boden. Ich atmete. Die Stille war brutal. Ich stand auf und ging zur Stereoanlage, schaltete sie ein, und leise, aber fürchterlich laut durchflutete Musik den Raum. Sie riss mich um, ich schaltete sie wieder aus. Ich ertrug keine Reize, ich ertrug keine Sonne, ich ertrug nichts mehr.

In einem winzigen Zimmer sitze ich auf einem schmalen Bett. Ein Krankenwagen hat mich hergebracht. Ans Ende der Welt. Ins Irrenhaus. Wo die Fenster vergittert sind, damit niemand in den Tod springen kann. Es ist dunkel draußen, und ich starre auf das von grellem Neonlicht beleuchtete zweite Bett. Es gehöre einem Patienten, der Freigang habe und erst mitten in der Nacht zurückkommen werde. Das hat die Schwester gesagt, bevor sie gegangen ist und mich der vermeintlichen Ruhe überlassen hat. Ich brauche einen Raum nur für mich. Die Aussicht, dass jederzeit ein mir fremder Mensch ins Zimmer treten und mir die Luft wegatmen kann, fühlt sich schrecklich an. So schrecklich, dass ich den Raum verlassen muss.

Ich trete in den leeren Gang und gehe die Wand entlang zu der Tür, hinter der sich der Aufenthaltsraum befindet, wie mir die Schwester gesagt hat. Hier kann man rauchen. Genau das will ich jetzt. Mich an eine Zigarette klammern und mich mit Rauch füllen. Mich beruhigen und anzukommen versuchen, wo ich nie ankommen wollte. An einem Ort, wo sich die Leute befinden, die vom Leben so überfordert sind, dass sie nicht mehr ohne fremde Hilfe klarkommen. Ich wage es, die Tür einen Spaltbreit zu öffnen und in den Raum zu schauen. Es ist dunkel. Das ist gut, das bedeutet, dass niemand da ist. Ich mache das Licht an und setze mich auf den Stuhl ganz hinten in der Ecke. Auch hier sind die Fenster vergittert und zeigen nur Dunkelheit. Als gäbe es draußen keine Welt. Als wäre das Irrenhaus alles, was geblieben ist. Ich rauche und sehe mich gezwungen, mich damit abzufinden, dass es für mich da draußen nicht mehr weitergeht. Mir bleibt nichts anderes übrig, als mich hier am Ende der Gesellschaft einzurichten.

Zurück im Zimmer, finde ich ein bisschen Ruhe im Schlaf, bis der kurze Augenblick der Entspannung heftig von Licht und Geräuschen angegriffen wird. Es muss mein Zimmergenosse sein, der zurückgekommen ist. Ich öffne leicht das eine Auge und sehe einen älteren Mann im Raum stehen und zu meinem Bett starren. Ich schließe das Auge wieder und flüchte in die Dunkelheit der Innenwelt zurück, wo ich ins Bodenlose falle.

Gerade erst habe ich es geschafft, im wild reißenden Fluss nicht unterzugehen und das Ertrinken aufzuschieben, bis dieser endlos lange Wasserfall gekommen ist. Mein Magen ist wie ein Stein, im Kopf der Presslufthammer. Würde ich nicht wie gelähmt daliegen, würde ich meinen Kopf an die Wand schlagen, mir die Gedärme aus dem Leib reißen. Ich würde mir die Augen auskratzen und die Haare ausreißen. Doch das würde mein Leiden nicht lindern, es wäre nur körperlicher Schmerz. Meine Seele schreit, und ich ziehe mich immer mehr in den Rest Mensch zurück, der ich noch bin. Ich bin ferner von dieser Welt, als man fern sein darf. Ich hoffe, dass der Fall endlich ein Ende findet und ich aufschlagen darf. Das innere Verrecken erschöpft mich, und ich sinke in einen komatösen Schlaf.

Ich erwache, als die Zimmertür aufgeht und eine weibliche Stimme Guten Morgen ruft. Ich setze mich auf und betrachte im

Tageslicht den Raum, der wie ein Hotelzimmer aussieht. Wie ein Spiegelbild hat sich auf der anderen Seite der Mann erhoben. Guten Morgen, sagt er. Guten Morgen, sage ich. Ich warte, bis er im kleinen Badezimmer verschwunden ist. Ich stehe auf und bewege mich Richtung Tür. Soll ich es wagen, in den Gang zu treten, aus dem bedrohlich Geräusche von Schritten und Stimmen kommen? Bin ich bereit für das größte Abenteuer meines Lebens? Ich habe keine Wahl und betrete den Alltag im Irrenhaus. Der Gang ist lang, und der helle Linoleumboden glänzt im Licht.

Ich laufe einer Frau in einem Pyjama mit Blumenmuster hinterher. Bis in einen Raum, wo zwei Tische stehen. Patienten nehmen sich je ein Tablett aus einem Regal auf Rädchen. Ich mache es ihnen nach und trage das Essen mit zittrigen Händen durch das Zimmer. Es kommt mir so schwer vor. Bitte lass es nicht fallen, sage ich mir. Es wird immer schwerer, und ich stelle es mit letzter Kraft auf den Tisch, wo noch ein Stuhl frei ist.

Als würden mich die anderen nicht wahrnehmen können, wenn ich sie nicht sehe, betrachte ich das Essen und wage es nicht, den Blick zu heben. Ich öffne das kleine Joghurt mit Fruchtgeschmack. Ich versuche, den Löffel zum Mund zu führen. Bestimmt können alle sehen, wie sehr meine Hand zittert. Nach drei Löffeln stehe ich auf und bringe das Tablett hastig zum Regal zurück. Ich eile Richtung Ausgang, obwohl ich weiß, dass er verschlossen ist. Meine Flucht endet auf der Terrasse, wo ich mich im hintersten Winkel verkrieche. Ich setze mich auf den Boden, damit von der Aussicht nur der Himmel bleibt. Ich rauche die Zigarette, als wäre es meine letzte. Vor mir das Gitter, zwischen mir und dem tatsächlichen Fallen, ein Schutz, der mich hier am Leben hält.

Hallo, ich bin der Thomas, sagt eine Stimme. Er fragt, ob ich Feuer habe. Ich reiche das Feuerzeug, ohne aufzusehen. Als ich merke, dass der Mann nicht vorhat, wieder wegzugehen, stehe ich auf und gehe zurück in die Station. Wieder im Bett, ziehe ich die Decke über den Kopf. Ich will das nicht sein, was ich bin. Und ich will nicht, dass eine Frau im Gang rumschreit. Sie schreit, dass sie es nicht mehr aushalte. Ich höre schnelle Schritte. Das Geschrei wird lauter, immer lauter, so laut, dass es mich schmerzt und ich mitschreien will.

Als der Sturm vorbei ist, wage ich mich wieder in den Gang, schaffe es aber nur bis zum nächsten Klo. Ich setze mich auf den Boden und versuche, zu weinen. Dieser Zustand ist doch kein Leben. Selbst duschen kann ich nicht ohne Panikanfall. Ich warte, bis der Tag vorbei und der Aufenthaltsraum leer ist. Dieses Mal mache ich das Licht nicht an und setze mich in die Dunkelheit. Jede volle Stunde öffnet eine Pflegekraft die Tür und leuchtet mit der Taschenlampe in den Raum. Wollen Sie kein Licht anmachen? Nein, sage ich und halte die Hand gegen das Licht.

Die Zeit vergeht schnell, allein nachts im Aufenthaltsraum. Wenn ich endlich etwas Müdigkeit spüre, gehe ich zurück ins Bett und schließe die Augen, um wieder zu fallen. Nicht mehr so schnell und so tief, es ist eher ein schweres Schweben. Ich finde in der Erschöpfung einen Hauch von Ruhe. Meine Existenz, die des Lebens beraubt wurde, fühlt sich an wie eine Hülle, aus der ich nicht herauskann, egal, wie sehr ich es versuche.

Ich ahne, dass ich vor einer großen Entscheidung stehe. Soll die Hülle sich wieder mit Leben füllen, oder soll sie weiterhin für niemanden erreichbar und von jeder Freude verlassen auf der Flucht vor sich selber durch das Nichts schweben? Das eine bedeutet Kampf, das andere Sterben. Will ich krepieren, oder kann ich mir eine Zukunft vorstellen? Außerhalb der vergitterten Fenster, außerhalb des Gefängnisses mit der Tür, durch die ich jederzeit gehen könnte, hätte ich die Kraft dazu. Ich müsste nur die

Pflege fragen, und man würde sie mir öffnen. Ich bin ja freiwillig hier. Ich könnte meine Tasche nehmen und die Außenwelt betreten, eine Zigarette rauchen und mich frohen Schrittes wieder daranmachen, die Welt zu erobern.

Ich beneide die anderen Patienten, die offenbar ohne Probleme durch diese Tür treten können. Um im Hof oder im angrenzenden Wald spazieren zu gehen oder in der Cafeteria einen Kaffee zu trinken. Ich sehe sie umhergehen und miteinander reden, wenn ich es kurz wage, auf der Terrasse durch das Gitter hinunter in den Hof zu schauen. Das Betrachten des Himmels fällt mir leichter. Ich sehe die Vögel, wie sie frei durch mein Sichtfeld fliegen. Ich weiß, dass ich etwas unternehmen muss, damit ich nicht der Vogel bleibe, der nicht fliegt, weil er glaubt, dass er es nicht mehr kann.

Willig schlucke ich die Medikamente, die man mir jeden Morgen in die Hand drückt. Der Pfleger, der mir zugeteilt worden ist, sagt, dass es eine Weile dauern kann, bis ich eine Wirkung spüre. Er betritt hin und wieder meinen Raum, um zu schauen, wie es mir geht. Er sieht mich lächeln und nutzt die Gelegenheit, um zu fragen, ob ich bereit sei für ein Treffen mit einem Verhaltenstherapeuten. Er kann nicht wissen, dass mein Lächeln nur ein Reflex ist. Eine Angewohnheit aus alten Zeiten. Es bedeutet nichts und schon gar nicht, dass es mir besser geht. Auch meine Bereitschaft, den Therapeuten zu treffen, entstammt vor allem meinem Bedürfnis, zu gefallen. Auch hier im Irrenhaus will ich jemand sein, den man mag. Ich denke, dass ich Leistung vollbringen muss, will ich weiterhin in diesem geschützten Reich bleiben können. Dem einzigen Ort, wo ich es aushalten kann.

Aber ich habe es selbst realisiert: Es geht mir tatsächlich etwas besser. Ich falle nicht mehr, wenn ich die Augen schließe. Ich fühle mich nicht mehr so verloren und habe aufgehört, vor allem und jedem wegzurennen. Ich gehe inzwischen auch in den Aufenthaltsraum, wenn schon Leute drin sind. Am Tisch spreche ich mit den anderen Patienten. All das hat der Pfleger gesehen und denkt, dass ich jetzt genug Kraft habe, um die Probleme anzugehen. Ich bin dankbar, drängt er mich, den ersten Schritt zu tun. Ich habe mich für das Leben entschieden und spüre die Hoffnung in mir wachsen, dass ich es vielleicht eines Tages wieder schaffe, aus dem Gebäude zu treten, um draußen eigenständig ein paar Schritte zu gehen.

Der Mann, der mir gegenüber im Therapiezimmer sitzt, sagt mit ernster Miene: Wir denken, dass Sie an einer generalisierten Angststörung leiden. Er beginnt zu erklären, was das ist. Es fällt mir nicht leicht, ihm länger zuzuhören. Meine Aufmerksamkeit schweift ab, ich betrachte die Objekte im Raum und schaue aus dem Fenster. Ich verstehe langsam, dass mich dieser Mann nicht so einfach wieder gesund machen kann. Es gibt keine Möglichkeit, mich zu operieren, und kein Medikament, das mir meine Probleme nehmen kann. Ich habe kein gebrochenes Bein, das man eingipsen kann und das nur geschont werden muss.

Ich müsse mich mit meinen Ängsten konfrontieren, darum gehe es in der Verhaltenstherapie. Wenn jemand Angst vor Spinnen hat, setzen wir ihm eine Spinne auf die Hand, erklärt der Mann. Bis der Patient realisiert, dass ihm die Spinne nichts antun kann. Das bedeutet nicht weniger, als dass ich machen muss, wovor ich so sehr Angst habe.

Mit dem Pfleger muss ich durch den Gang der Tür entgegengehen, hinter der sich alle Gefahren dieser Welt befinden. Der Pfleger öffnet sie, und ich mache tatsächlich den ersten Schritt in die Außenwelt, auch wenn es nur ein dunkles Treppenhaus ist. Es fühlt sich an, als würde ich von einer hohen Brücke springen. Ich bin mir sicher, gleich zu sterben, obwohl der Pfleger behauptet, dass mir nichts passieren kann. Er führt mich Stufe um Stufe hinunter, geduldig und respektierend, dass für mich jeder Schritt eine so große Distanz ist, dass ich mich in ihr zu verlieren glaube. Als wären die Stufen aus weichem Schaumgummi, finde ich keinen Halt auf dem Boden. Ich will nur noch zurück in die Station, wo ich sicher bin.

Aber ich muss mich mit der Angst konfrontieren. In so kleinen Schritten, dass ich es wider Erwarten überleben kann. Ich habe ein ganzes Stockwerk geschafft. Zurück soll es mit dem Lift gehen. Der Pfleger lässt mich den Knopf drücken. Der Lift ist furchtbar langsam. Als würde er es genießen, mich leiden zu lassen. Ich bin nass geschwitzt und froh, die Herausforderung überstanden zu haben. Die Tür geht auf und zeigt einen grell beleuchteten Käfig, den ich zu betreten habe, um mich einschließen zu lassen. Ohne Fluchtmöglichkeit. Gefangen.

Der Therapeut hat mir aufgetragen, ein sogenanntes Angsttagebuch zu führen. Ich soll den Inhalt der Übung eintragen und notieren, wie groß meine Angst gewesen ist. Ich muss also jeden Tag schriftlich festhalten, wie sich das Sterben heute angefühlt hat. Aber dafür fehlen mir die Worte. Erschöpft liege ich im Bett und warte, bis sich mein Herzschlag wieder beruhigt. Mir bleibt nicht viel Zeit, mich zu entspannen. Die Fahrt auf der Achterbahn hat gerade erst begonnen.

Bereits am nächsten Morgen drängt mich der Pfleger ganz aus dem Haus. Ich bin mir sicher, dass ich diesen Tag nicht überleben werde. Ich schwanke das Treppenhaus hinunter und greife mit verschwommenem Blick und letzter Kraft nach der Türfalle, will die Tür, die mich vor dem gefährlichen Hof schützt, nicht wirklich öffnen. Der Pfleger drängt, ich sehe mich gezwungen, den Sprung zu wagen. Es ist doch nur ein einziger Schritt, sagt er. Also springe ich über die Klippe und lasse mich fallen. Mein Körper dreht sich in der Luft, und ich werde gleich mit hoher Geschwindigkeit auf dem harten Boden aufprallen. Innerlich zerschlagen, stehe ich auf dem Hof und kann es nicht fassen, dass mein Körper den Sprung überlebt hat. Ich schaffe es nicht, die Welt zu erkennen. Sie ist verschwommen, und ich wende mich erleichtert von ihr ab, als mir der Pfleger erlaubt, wieder zurück ins Haus zu gehen.

Wäre ich gesund, würde ich es vielleicht als schön empfinden, in der Sonne mit dem Pfleger über den Hof zu gehen. Es sind vier Tage vergangen, seit ich das erste Mal die Platten des Hofes betreten habe. Tage harter Arbeit, die es mir ermöglichen, überhaupt in Betracht zu ziehen, was wir heute vorhaben: einen kurzen Spaziergang durch den Wald. Als wäre mein Körper nicht richtig zusammengeschraubt, droht er auseinanderzufallen. Als hätte ich jegliche Kontrolle über mich verloren. Jeder weitere Schritt verbraucht die ganze verbliebene Energie. Ein Seil zieht mich mit voller Kraft zurück in die Station, unter die Bettdecke, wo ich die Augen schließen und die Welt verschwinden lassen kann.

Aber ich will nicht aufgeben. Ehrgeiz hat mich gepackt. Täglich erkämpfe ich mir einige Meter der Welt zurück. Bis in den Wald hinein, mit Schattenspielen auf dem Weg, weil die Sonne als ultimativer Scheinwerfer die Bühne beleuchtet, auf die ich mich jeden Tag für eine kurze Zeit wage. Ich suche das Gespräch mit dem Pfleger, um mich vom Schmerz abzulenken, der in der Asche meines alten Ichs glüht. Ich bin frei, das weiß ich. Man hätte es gern gesehen, wenn ich meine Tasche gepackt hätte, um wieder in die Welt hinauszugehen.

Doch zuerst muss ich lernen, die Sonnenstrahlen zu ertragen und das Zwitschern der Vögel nicht als bedrohlich zu empfinden. Wir begegnen anderen Patienten auf dem Weg durch den Wald. Sie grüßen nicht, wirken verloren, in ihrer eigenen Welt versunken. Ich betrachte sie, als wir Tage später in der Cafeteria sitzen. Der Pfleger hat mir Kaffee an den Tisch gebracht. Ich kann ihn nicht selbst holen, weil meine Hände zu sehr zittern. Die Menschen wirken auf mich, als hätten sie keine Gesichter. Sie sitzen einzeln an den Tischen und starren ins Leere. Manche sprechen vor sich hin. Ein Mann ruft plötzlich etwas, das die gelähmte Atmosphäre im Raum bricht. Er sinkt zurück, und es ist wieder still. Kaum jemand hat aufgeschaut. Nur ich, der ich von Angst überwältigt dasitze und mit dem Pfleger ein Gespräch zu führen versuche, das man vielleicht als normal bezeichnen könnte.

Ich fühle mich wie ein Schauspieler, der einen gesunden Menschen spielen muss. Dabei empfinde ich alles als bedrohlich, nicht nur die anderen Patienten. Jedes Geräusch, jeder Geruch, jeder Eindruck überfordert mich. Nur in der Station fühle ich mich sicher und lasse mich inzwischen gern auf Gespräche mit anderen Patienten ein. Thomas, der mich am ersten Tag auf der Terrasse angesprochen hat und wie ich nach jedem Essen eine Zigarette rauchen geht, setzt sich regelmäßig zu mir, um über die Mitbewohner in unserer unfreiwilligen Wohngemeinschaft zu reden.

Wir sprechen über die Kleptomanin, wegen der wir unsere Sachen wegschließen müssen. Oder über die Frau, die sich die Arme wieder so heftig aufgeschnitten hat, dass in der Station Hektik ausgebrochen ist. Thomas selbst ist depressiv, wie die meisten hier. Eine Angststörung hat außer mir nur noch ein Junge. Mit ihm und einem alten Mann teile ich seit neustem ein Zimmer. Der alte Mann hat große Schmerzen und kann kaum gehen. Jeder weiß, dass diese Schmerzen eingebildet sind, und es ist seltsam, ihm zu begegnen, wenn er sich mit den Händen an der Wand entlang durch den Gang zieht.

Einmal die Woche kommen alle im Speiseraum zusammen, um mit einer Therapeutin über die Situation in der Station zu sprechen. Es ist ungewohnt und schön, mit Menschen zu reden, die nichts zu verstecken haben, weil wir an einem Ort sind, wo es normal ist, verrückt zu sein.

Stoßen Sie mich weg, sagt der Mann, der sich mir in den Weg gestellt hat. Er ist Bewegungstherapeut und hat von mir verlangt, eine Weile durch den großen Raum zu laufen, damit er meinen Gang beurteilen kann. Ich hebe die Hand und drücke sie an seine Brust. Sie müssen richtig stoßen, sagt der Mann. Ich schiebe ihn ein bisschen nach vorn, aber es ist ihm nicht brutal genug. Er will, dass ich ihn als das ultimative Hindernis sehe und meine ganze Kraft anwende, um es zu überwinden. Als wäre Gewalt die Lösung für meine Probleme.

Nicht sinnvoller scheint mir die Ergotherapie zu sein. Da geht es eigentlich nur darum, dass ich beschäftigt bin. Es ist, als wäre ich wieder im Kindergarten. Patienten aus verschiedenen Stationen sammeln sich als Gruppe nach dem Frühstück, um zusammen Tee zu trinken. Wenn ich eine Münze in die Kasse lege, darf ich mir Kaffeepulver nehmen.

Heute zeichnen wir Wasser und Feuer, sagt die Therapeutin und breitet Papier und Malutensilien auf dem großen Tisch aus. Wir verteilen uns an den kleinen Tischen im Raum. Ich bemale ein großes Papier mit roter und gelber Farbe und ein zweites mit verschiedenen Blautönen. Ich bin schnell fertig und habe noch Zeit, um draußen eine zu rauchen, bevor wir uns wieder am großen Tisch sammeln, um zu besprechen, was unsere Bilder über uns aussagen könnten. Was soll ich sagen? Ich habe doch nur gemalt, bis das Papier nicht mehr weiß war. Bevor wir über die Bilder reden, muss sich jeder kurz vorstellen, weil heute eine Neue dabei ist.

Die Therapeutin legt Postkarten mit Pflanzenmotiven auf den Tisch. Jeder von uns muss eine auswählen und anhand dieser

Karte seine Probleme erklären. Das ist nicht einfach. Was haben diese Pflanzen mit meinen Ängsten zu tun? Neben mir sitzt ein Junkie, der in der Klinik einen Drogenentzug macht. Er hofft, dass er danach draußen ein ganz normales Leben führen kann. Davon träumen wir alle. Auch die Frau, die kaum mehr Haare hat, weil sie sie sich ausreißt. Gegenüber sitzt eine, die sich erhängen wollte. Man hat sie gerettet, bevor sie gestorben ist. Sie hat überlebt, kann aber kaum mehr sprechen, sich kaum bewegen. Jetzt spricht die Patientin, die selbst Psychologin ist, danach der Kioskverkäufer vom Hauptbahnhof, der an seinem letzten Arbeitstag die Kunden mit Schokolade und Zuckerzeugs beworfen hat, so lange, bis die ganzen Süßigkeiten aus dem Laden auf dem Platz vor dem Kiosk verteilt waren.

Nach der Therapie laufe ich durch die langen Gänge, die unterirdisch die Häuser der Klinik verbinden, zurück zur Station, wo Thomas auf mich wartet. Er ist so was wie mein Freund am Ende der Welt. Wir sitzen zusammen und überlegen gemeinsam, was in unseren Leben alles schiefgelaufen ist. Ich notiere die Gedanken in mein Notizbuch und mache Zeichnungen dazu. Eine zeigt meinen Kopf, wie er explodiert, weil zu viel Inhalt drin ist.

Hin und wieder steht einer von uns auf, um für beide Getränke oder Süßigkeiten aus dem Automaten im Treppenhaus zu holen. Wir gehen auf die Terrasse, um zu rauchen. Die Klinik liegt auf einem Hügel, beim großen Wald, isoliert von der Stadt, von der man hier oben kaum etwas sieht. Wir betrachten das Gelände der Klinik; den Rebberg und den riesigen Garten mit dem Gewächshaus. Im Garten gibt es viele Rosensorten, ordentlich mit ihren Namen beschildert. Irgendwann ist Thomas müde und geht zurück in sein Zimmer. Ich bleibe noch sitzen und denke an die riesige Welt, die ich so schnell zu besitzen geglaubt habe und die mir noch schneller wieder abhandengekommen ist.

Ich laufe mit dem Pfleger durch die Empfangshalle und durch das große Tor hinaus. Wir gehen die Straße hinauf zur Station der Straßenbahn. Dort stehe ich in der furchtbar lauten und gefährlichen Welt außerhalb der geschützten Anlage. Ich will die Eindrücke aushalten. Ich fühle mich wie im Krieg und möchte in Deckung gehen. Mein Ehrgeiz lässt mich verkrampft, aber standhaft auf dem weichen Boden stehen. Die Umwelt dreht sich um mich, als wäre ich auf einem Karussell. Ich schwitze sehr, die Kleider kleben an meinem Körper und engen mich ein. Ich sehe die Menschen nur als schemenhafte Gestalten. Ich bin mir sicher, dass sie mich anstarren. Sie sehen, dass ich verrückt bin. Die Zeit ist stehen geblieben, und die paar Sekunden, bis wir zur Klinik zurückkehren, werden zu einer Ewigkeit. Statt dankbar zu sein, dass ich die Übung überlebt habe, denke ich an morgen. Der Plan sieht vor, dass wir die Straßenbahn betreten und eine Station fahren. Der Gedanke daran stellt mir die Luft ab. Der Verhaltenstherapeut nennt das Angst vor der Angst. Ich muss die Straßenbahn nicht betreten, um zu sterben, ich sterbe schon, wenn ich nur daran denke.

Tage später stehe ich ganz allein an der Straßenbahnstation. Nicht weit von der Klinik entfernt, aber schon total hilflos und verloren. Verrückt, wie ich bin, habe ich mich ohne Begleitung hinausgewagt. Heute muss und will ich ganz allein mit der Tram fahren. Ich trage nur ein T-Shirt und eine kurze Hose, aber es ist zu viel. Die Kleidung engt mich ein. In meiner Brust hämmert das Herz, als wäre es ein Presslufthammer und kurz vor der Explosion. Als die Straßenbahn laut und bedrohlich anrollt, eile ich nach vorn, um der Erste zu sein, der einsteigt. Ich brauche einen Sitzplatz, ich kann nicht stehen. Ich würde umfallen, noch bevor sich die Bahn wieder in Bewegung setzt. Mit einem Ruck geht die Achterbahnfahrt los. Den Hügel hinunter Richtung Stadt.

Ich bin eingesperrt und kann nicht flüchten. Eine rote Ampel verlängert mein Leiden, und ich muss auf meine Atmung achten, um nicht in Ohnmacht zu fallen. Außer Umkippen kann mir nichts passieren, das hat mir der Therapeut versprochen. Als die Bahn endlich die nächste Station erreicht, stürze ich ins Freie, und schockartig fühle ich das Glück, geschafft zu haben, was vor Tagen noch undenkbar gewesen war.

Der Gang ist leer, als ich erschöpft, aber stolz zurück in die Station komme. Ich finde die Patienten im Aufenthaltsraum vor der Glotze versammelt. Thomas ist nicht wie sonst ein träger, massiger Sack, er ist ganz aufgeregt und voller Leben. Er informiert mich, dass während meiner Abwesenheit die Welt angegriffen wurde. Davon habe ich draußen gar nichts bemerkt. Er zeigt auf den Fernseher. Dort sehe ich zwei hohe Türme. Beide scheinen zu brennen. Ich kenne die Stadt, das ist New York. Schau dir das an!, ruft Thomas, als ein Flugzeug in den einen Turm fliegt. Darauf knallt ein weiteres Flugzeug in den zweiten Turm. Das kann kein Unfall sein, kein Zufall. Das ist ein Anschlag, da ist sich Thomas sicher. Wir Patienten betrachten gebannt die unwirklichen Bilder. Ich gehe zum Automaten, und als ich mit Gummibärchen und einer Cola zurückkehre, sehe ich gerade noch, wie das erste Gebäude in sich zusammenbricht. Die verrückte Psychologin schreit, und Thomas hat ganz große Augen. Die Kleptomanin geht aus dem Raum, um irgendwo etwas zu klauen. Als auch der zweite Turm einstürzt, zünde ich mir gerade eine Zigarette an. Ich nehme einen tiefen Zug und denke, wie verrückt doch die Welt außerhalb des Irrenhauses ist.

Sexualität ist nicht verboten in der Klinik, aber das muss auch nicht sein; sie ist kaum Thema hier. Die Patienten sind mit Medikamenten vollgepumpt, die ihre Triebe dösen lassen. Sie sind so benebelt von der beruhigenden Chemie, dass sie wie Schlafwandler durch die Gänge schleichen. Manchmal reden die Männer über die mangelnde Geilheit. Der eine kriegt keinen mehr hoch, beim anderen kommt nichts raus, wenn ihm ein letzter Rest von Orgasmus gelingt.

Auch ich denke kaum an Sex, aber an die Liebe denke ich den ganzen Tag. Ich bin verliebt, und das ist die große Motivation, wieso ich hier so dringend rauswill. Es ist Edvin, der auf mich wartet. Edvin, der Junge aus Bern, der dabei gewesen ist, als ich den Notarzt gerufen habe. Edvin, der mir nachgerufen hat, dass alles gut wird, als ich in den Krankenwagen stieg.

Er besucht mich jedes Wochenende in der Klinik. Auch er passt hier hin; er ist magersüchtig und kaum mehr als ein Skelett. Er wirkt so leicht und zierlich, als könne ihn die Schwerkraft kaum am Boden halten. Mit ihm spaziere ich durch den Garten und schaue mir die mit ihren biologischen Namen beschrifteten Rosen an. Wir legen uns im Wald ins wilde Gras in einer kleinen Lichtung zwischen den dicht gewachsenen Bäumen. Wir reden noch nicht von einer Beziehung, wir sagen uns lediglich, wie sehr wir uns mögen. Er will mich nicht besitzen, er zeigt wenig Ansprüche, außer dass ich sanft sein soll.

Wir nehmen uns Zeit und zähmen uns gegenseitig, bis es so weit ist, dass sich auf der Lichtung kurz unsere Hände berühren. Wenn er gehen muss, umarme ich ihn schüchtern und weiß, dass ich eine lange und harte Arbeitswoche bewältigen muss, bevor ich ihn wiedersehen kann. Die Sehnsucht nach einer Zukunft mit ihm gibt mir die Kraft, jeden Tag die anstehende Übung anzugehen und sie zu überleben.

Draußen sehe ich immer mehr Menschen auf dem Gehweg. Die Straßenbahn taucht in regen Verkehr ein und steht mehr, als dass sie fährt. Zwei Reihen hinter mir sitzt der Pfleger. Seine Gegenwart gibt mir Sicherheit. Allein hätte ich es nicht geschafft, den ganzen Hügel hinunter in die Stadt zu fahren. Ich denke an Edvin und lasse es zu, dass die Achterbahnfahrt in meinem Kopf immer schneller wird. Wir steigen am See aus und laufen durch die Altstadt zum Hauptbahnhof. Ich voraus, der Pfleger in kurzer Distanz hinter mir. Die Sinneseindrücke erschlagen mich. Es riecht, als hätte jeder, der mir entgegenkommt, in Parfüm gebadet. Die Abgase nehmen mir den Atem. Die Gesellschaft lärmt, als wäre Krieg.

Aber ich weiß, dass das alles nur in meinem Kopf ist und ich eigentlich in Sicherheit bin. Manchmal schaue ich mich um, um zu sehen, ob der Pfleger noch da ist. Ich weiche den Passanten aus, werde langsamer, wenn jemand direkt hinter mir geht. Es sollen mich alle überholen und denken, was sie wollen, es ist mir egal, ich bin in der Stadt, und das ist unglaublich. Wer hätte gedacht, dass ich je wieder auf diesen Straßen gehen würde? Ich könnte jetzt in einen der Shops gehen, aber das würde mich umbringen. Ich brauche schon meine ganze Energie, um leicht schwankend vorwärtszugehen, voll konzentriert, mit dem Gefühl, gleich die Kontrolle über meinen Körper zu verlieren. Nicht zu schnell atmen, sonst falle ich in Ohnmacht.

Ich erreiche die große Straße vor dem Hauptbahnhof. Die Ampel zeigt Rot, und ich bleibe stehen. Um mich sammeln sich Menschen, viel zu nahe, viel zu viele. Ich könnte um mich schlagen und schreien, aber ich mache es nicht. Ich habe schon so manches überlebt, vielleicht schaffe ich auch das. Als es grün wird, laufe ich über die Straße wie durch einen reißenden Fluss. Die Autos starren mich an, bereit, sofort loszufahren und mich anzugreifen. Ich erreiche die Bahnhofshalle, und es ist, als wäre sie der geballte Kern der Zivilisation. Alles schwirrt um mich herum und reißt an mir. Die Eindrücke schlagen über mir zusammen, und Panik reißt mich auseinander.

Ich suche hektisch den Pfleger, aber kann ihn nicht finden. Wo ist er nur? All diese Körper und Gesichter, die vielen Stimmen und der Lärm der Durchsagen. Der Pfleger kommt nicht mehr, da bin ich mir sicher. Ich bin verloren. Ich halte mich an einem Geländer fest, und als ich nicht mehr stehen kann, setze ich mich zitternd auf den Boden. Diese Welt ist zu viel für mich. Ich weiß nicht, wie lange ich da sitze, bis jemand wie aus weiter Ferne fragt: Ist alles in Ordnung? Es ist der Pfleger. Er sagt ganz locker: Ich habe noch schnell was eingekauft.

Zwei Tage später schließe ich meine Wohnung auf. Ich betrete widerwillig das dunkle Verlies, in dem ich monatelang gefangen war. Die Luft ist stickig, alles wirkt dreckig. Ist ja ganz nett hier, lügt der Pfleger hinter mir. Ich gehe in die Küche, wo ich immer am Fenster auf die ferne Welt hinuntergeschaut habe. Der Käfig mit den Meerschweinchen ist weg. Die Tiere sind bei meinem Bruder. Im Spülbecken steht noch die Tasse mit einem Rest des Kaffees, den ich am Tag meines Untergangs getrunken habe. Ich gehe ins Wohnzimmer. Da ist das rote Sofa, auf dem Edvin und die Notfallpsychiaterin gesessen haben. Und die Stereoanlage, die keine Musik mehr spielt. Alles okay?, fragt der Pfleger. Ich will hier raus, sage ich. Das ist Vergangenheit, das ist vorbei.

Ich fahre allein in die Stadt, laufe durch zwei Gassen, steige in die S-Bahn, nur eine Station, dann zwei. Die Tage vergehen schnell, und ich weiß, dass ich die größte Leistung erbringe, die mein Leben von mir fordern kann. Ich erreiche jeden Tag erschöpft die Klinik, wo Thomas auf mich wartet und fragt, wie es gewesen ist. Ich antworte immer dasselbe: Schrecklich. Ich bin verspannt, und mein Magen schmerzt so sehr, dass man mir Tabletten gibt. Als sie nichts nützen, wird eine Magenspiegelung gemacht. Die Vollnarkose wirkt, ich entgleite schnell und erwache erst wieder, als alles vorbei ist. Kein Geschwür, sagt der Arzt. Es ist Stress, Angst und Panik, was so viel von mir fordert, dass sich mein Magen zu einem Klumpen zusammengeballt hat.

Wir Patienten sitzen im Aufenthaltsraum auf dem Sofa und rauchen. Wir albern herum. Manchmal wird geschrien, getanzt oder geweint. Bis die Patientin, die Psychologin ist, sagt: Sind wir hier eigentlich im Irrenhaus? Genau das sind wir, und es tut gut. Auch wenn das die wenigen Leute aus meiner Vergangenheit, die mich besuchen, nicht verstehen können. Ursula, meine alte Chefin von der Werbeagentur, die kommt, um mit mir in ihrem schicken Auto ein bisschen über den Parkplatz der Klinik zu fahren. Auch das muss ich üben: in ein Auto steigen und ein paar Meter einer Fahrt überstehen.

Auch mein Bruder besucht mich. Ich zeige ihm den Garten, und er behauptet, dass es positiv sei, dass sich die Familie durch meinen psychischen Zusammenbruch endlich den Problemen stellen müsse. Er selbst habe begonnen, eine sogenannte Familienaufstellung zu machen, und mein Vater habe zur persönlichen Beratung einen Pater konsultiert. Nur meine Mutter sucht keinen Rat, für sie ist klar: Die Schuld liegt bei allen anderen. Als wir beim Gewächshaus ankommen, informiert mich mein Bruder, dass er für mich ein paar Rechnungen bezahlt habe und dass es den Meerschweinchen gut gehe. Sie würden immer brav fressen, was er ihnen in den Käfig lege. Ihnen bleibt gar nichts anderes übrig, wenn sie überleben wollen.

Hatte ich im Käfig meiner Kindheit eine Wahl? Nein, sagt die Psychiaterin, der ich regelmäßig im Therapieraum gegenübersitze. Ich mag die deutsche Ärztin, sie zeigt sich einfühlsam und gleichzeitig hart. Sie ist auf meiner Seite, das spüre ich. Sie ist überzeugt, dass meine Angststörung aus meiner Kindheit und

Jugend resultiert. Wie mein Anwalt sitzt sie neben mir auf dem Sofa, als meine Eltern in den Raum treten und sich umständlich gegenüber auf die Sessel setzen.

Mein Vater will über meine Homosexualität reden. Er hat eine lange Liste aus seiner Sakkotasche geholt und will sie abarbeiten, doch schon nach der ersten Frage sagt die Psychiaterin: Ich kann Ihnen nichts anderes sagen, als dass Homosexualität heutzutage ganz normal ist. Mein Vater faltet das Papier mit der Liste wieder zusammen. Die Ärztin hat ihm mit einem einzigen Satz den Wind aus den Segeln genommen. Meine Mutter sitzt mit ausdruckslosem Gesicht da. Ich weiß, dass sie mit Psychologie nichts anfangen kann. Zusammen mit meinem Vater lebt sie in einer Blase voll mit Religion und allem, was Esoterik anzubieten hat: in einer Welt mit heilenden Steinen, Astrologie, Physiognomie und hellsichtigen Beratern.

Ich sage vorsichtig und ängstlich, was ich mit der Psychiaterin vorbereitet habe: dass meine Kindheit und Jugend für mich die Hölle gewesen sei, eingeschlossen, ohne Raum für eine eigenständige Entwicklung. Nur dazu da, umzusetzen, was sich meine Mutter für mein Leben ausgedacht hatte, der Vater als ihr stummer Unterstützer, auch er ohne eigene Entscheidungsgewalt und wie ich machtlos gegen die gewaltige Bedrohung, die die Mutter darstellte.

Meine Mutter schweigt. Schweigen ist ihre mächtigste Waffe. Als sie endlich etwas sagt, wirkt es fern jeder Vernunft und als wolle sie sich lustig machen über alles, was ich gerade gesagt habe. Sie behauptet, dass meine Kindheit völlig problemlos verlaufen sei und dass wir es immer schön gehabt hätten. Ihr Lächeln wirkt wie nicht von dieser Welt, als wir uns die Hand geben und sie zusammen mit ihrem Mann wieder aus dem Raum verschwindet, dem Raum, der uns so viele Chancen hätte bieten können.

Es ist Zeit, aufzuräumen. Das Wirrwarr in meinem Kopf ist noch zu verwickelt, also konzentriere ich mich auf etwas, das mir einfacher fällt: Ich höre von einem Tag auf den anderen mit dem Rauchen auf. Die Psychiaterin ist dagegen. Sie findet, dass ich schon genug damit zu tun habe, mich jeden Tag mit meinen Ängsten zu konfrontieren. Sie unterschätzt meinen Ehrgeiz.

Ich fühle mich so stark, motiviert und lebendig wie nie zuvor. Edvin wartet dort draußen auf mich. Liebe ist das Gegenteil von Angst, das hat mir eine ältere Frau auf der Terrasse gesagt. Die letzte Zigarette ist geraucht. Als wäre er Ausdruck einer Vergangenheit, ist vom ganzen Tabak nur ein Häufchen Asche geblieben. Rauchen stand für mich immer für Widerstand und Freiheit. Genau das war seit der frühen Jugend mein Ziel gewesen: Unabhängigkeit.

So glaube ich, dass endlich vorbei ist, was vielleicht nicht mehr als eine Flucht war. Ein traumatisiertes Wegrennen vor meiner alten Abhängigkeit als Kind und Jugendlicher. Ich fühle mich, als wäre ich als etwas aus der Asche gestiegen, das Gewicht hat. Etwas, das Wurzeln schlagen darf. Das stark genug ist, sich zu behaupten: gegen die großen irrationalen Ängste, die Abhängigkeit von Zigaretten oder – irgendwann hoffentlich – gegen die Dominanz meiner Mutter.

Ich sitze aufgeregt neben Thomas in der winzigen Kabine seines Rollermobils. Umhüllt von Geruch nach Benzin und Öl, geht es mit jaulendem Motor den Hügel hinunter in die Stadt. Ich habe einen Termin beim Friseur. Meine Haare müssen gebändigt werden, damit ich wieder wie ein zivilisierter Mensch aussehe. Ich will am Samstag möglichst attraktiv sein, wenn es ins Hotel geht, wo ich eine Suite für Edvin und mich reserviert habe. Es ist das kleine Hotel in der Altstadt, in dem ich als Model einquartiert gewesen war. Ich bin zu früh und warte in der

Bar. Hier habe ich schon mit Lenny gelacht und mit Jonas gefrühstückt.

Heute ist alles anders, ernsthafter und mit Gefühlen ausgefüllt. Ich bin keine leere Hülle mehr. Edvin tritt schüchtern ein und sieht wunderschön aus. Wir lassen uns den Schlüssel zur Suite geben, die »Himmel und Hölle« heißt. Wieso, das sehen wir, als wir die Tür aufschließen. Im Raum mit dem Sofa sind die Wände hellblau gestrichen, darauf hingemalt sind weiße Wölkchen. Von der Decke hängen dicke, goldene Engelchen. Das Zimmer mit dem Bett ist die Hölle, dunkelrot und mit Fratzen des Teufels an den Wänden. Es ist zwar ein Himmelbett, aber es ist schwarz bemalt, und am Gestänge hängen Ketten. Hier liege ich mit Edvin unter der dünnen Decke, und schüchtern fassen wir die Entscheidung, dass wir jetzt zusammen sind.

Nach drei Monaten Klinikaufenthalt gehe ich zurück in die Gesellschaft. Edvin hätte mich gern abgeholt, aber diesen Schritt muss ich allein machen. Mit der Straßenbahn geht es zum Hauptbahnhof, wo ich in den Schnellzug nach Bern steige. Der Zug setzt sich in Bewegung, und ich fühle wieder Panik in mir aufsteigen. Trotz meiner neuen Stärke bin ich noch schwach. Die Welt gleitet an mir vorbei, und ich halte es aus, die neu gewonnene Kontrolle zu verlieren, um wieder unterwegs zu sein. Dieses Mal mit der Zuversicht, nach der Reise wirklich anzukommen.

de der welt

epilog

Man hat mir in Bern eine kleine Wohnung organisiert. Ich öffne das Fenster und genieße die neue Aussicht.

Täglich spaziere ich mit noch unsicherem Schritt ein Stück die Aare entlang und setze mich anschließend in ein Café. Ich versuche, es möglichst lange auszuhalten, und finde mich damit ab, dass meine Hände zittern, wenn ich die Tasse zum Mund führe. Mein ganzer Alltag ist Therapie. Ich wage mich in den vollen Supermarkt und sitze wöchentlich auf einem schmalen Sessel einer Psychiaterin gegenüber, um mit ihr meine Vergangenheit durchzugehen. Je mehr ich in meinem Kopf aufräume, was sich dort seit meiner Geburt angesammelt hat, desto freier fühle ich mich.

Nach einigen Monaten kommt es zur Trennung von Edvin. Ich bin dabei, den Radius meines Lebens wieder zu erweitern, während er festgefahren scheint. Wir haben uns kennen gelernt, als wir beide an der Klippe standen. Inzwischen habe ich wieder festeren Boden unter den Füßen, während er noch immer schwankend am Abgrund steht.

Es ist ein Jahr vergangen seit meinem Klinikaustritt, ich fühle mich wieder stärker, und es wird mir klar, dass mein Aufenthalt in Bern keinen Sinn mehr macht und ich nach Zürich zurückwill. Dort ziehe ich in eine Wohngemeinschaft und entdecke die elektronische Musik für mich. Sie wird zu meiner neuen Leidenschaft. Für meinen dreißigsten Geburtstag organisiere ich eine öffentliche Party in der Hoffnung, damit andere für Electro begeistern zu können. Die Veranstaltung wird ein Erfolg und markiert den Anfang eine Partyreihe namens »electroboy«.

Ich sitze an meinem Computer und kann als virtuelle Person dank der Hilfe von Mitarbeitern umsetzen, was ich plane. Wichtig ist für mich nicht nur die Musik, sondern auch das Visuelle. Mein Ehrgeiz ist wieder geweckt. Jeder Event wird aufwendiger. »electroboy« zieht um in den größten Klub der Schweiz. Ich gründe die Swiss Electronic Music Awards und gebe eine Zeitung für elektronische Musik heraus. Als ich zum Veranstalter des Jahres gewählt werde und die Presse anfängt, mich »König der Zürcher Klubszene« zu nennen, höre ich auf. Ich spüre, dass ich wieder an eine Grenze gekommen bin, wo es ungesund wird.

Die Leidenschaft für elektronische Musik bleibt, und ich beginne, zu Hause eigenständig Songs zu produzieren, die auch veröffentlicht werden. Nach einer Tour mit einer Showgruppe und vier innerhalb eines Jahres erschienenen Alben spüre ich, dass ich besser eine normale Arbeit anstreben sollte, will ich nicht wieder verloren gehen.

Doch das ist einfacher gewünscht als umgesetzt. Fünf Arbeitsversuche schlagen aufgrund meiner inzwischen von mehreren Ärzten diagnostizierten Angststörung und sozialen Phobie fehl. Mir wird nach einer langwierigen Überprüfung meines Gesundheitszustands eine Teilinvalidenrente zugesprochen. Sie ist so klein, dass ich mich gezwungen sehe, die teure Schweiz zu verlassen und nach Berlin zu ziehen, wo das Leben günstiger ist. Ich kehre erst zwölf Jahre später wieder zurück, an der Hand eines neuen Partners und mit zwei Romanen im Gepäck.

dank

Ich möchte Urs »Fiji« Keller, Guido Marchesi und Robert Siuda danken, dass sie mich über eine größere Strecke auf meinem Weg begleitet haben. Ich danke meinen Eltern, dass sie mich finanziell unterstützt haben, wenn es nötig war. Ich bedanke mich bei Anne-Catherine Lang und Marcel Gisler dafür, dass sie bei mir mit dem Kinodokumentarfilm »Electroboy« über mein Leben eine tiefere Auseinandersetzung und Aufarbeitung meiner Vergangenheit ausgelöst haben. Der Literaturagentur Landwehr danke ich, dass sie mich zum Schreiben motiviert hat. Ein großer Dank und eine herzliche Umarmung gehen an Verlegerin Gabriella Baumann-von Arx, die Lektorin Claudia Bislin und alle anderen am Buch Beteiligten: Andrea Leuthold, Lydia Zeller, Beate Simson, Thomas Jarzina, Daniela Welti und Angelina Rubli. Meinem Partner Van Manh Nguyen danke ich für die Motivation, die Unterstützung und dafür, dass er mich wieder nach Hause gebracht hat.

Florian Burkhardt

Das Kind meiner Mutter

Autobiografischer Roman

208 Seiten
Gebunden, mit Schutzumschlag
13,5 × 21,2 cm

Print ISBN 978-3-03763-079-2
E-Book ISBN 978-3-03763-628-2
www.woerterseh.ch

Bei einem spektakulären, selbst verschuldeten Autounfall verlieren Florian Burkhardts Eltern ihr jüngstes Kind. Einen Buben. Der ältere Sohn und sie selbst überleben. Absolut unversehrt. Als Ersatz für das tote zeugen die Eltern, die immer schon zwei Kinder haben wollten, sofort ein neues. Ihn. Florian. Und von Stund an richtet die Mutter ihren ganzen Fokus und all ihre Energie auf ihn, den neugeborenen Prinzen. Aus Angst, auch ihn zu verlieren, beschützt sie Florian vor allen Einflüssen der »gefährlichen« Außenwelt: Fahrrad fahren, Radio hören, Fernseh schauen, Freunde besuchen und anderweitige Außenkontakte sind verboten oder werden kontrolliert. Noch als Teenager spielt Florian ausschließlich mit jüngeren Kindern; so kann ihn niemand zum Konsum von Drogen oder Alkohol verführen. Die Überbehütetheit wird zum erdrückenden Gefängnis. Doch erst als die Eltern versuchen, Florians Homosexualität zu unterbinden, begehrt er, inzwischen sechzehn Jahre alt, auf und wird in ein katholisches Internat gesteckt, wo er zum Grundschullehrer ausgebildet werden soll. Nach fünf Jahren hält Florian das Lehrerdiplom in der Hand. Und damit sein Ticket in die lange ersehnte Freiheit.